JE SUIS LE PRIX
DE VOTRE LIBERTÉ

MILA

JE SUIS LE PRIX DE VOTRE LIBERTÉ

BERNARD GRASSET
PARIS

ISBN 978-2-246-82789-4

AVERTISSEMENT

Pour des raisons de sécurité, tous les prénoms et noms, tous les lieux publics ou privés ont été modifiés.

Les sourates sont tirées du *Saint Coran*, éditions Albouraq, 2008.

Crève sale pute, quand je vais trouver ton adresse je vais venir t'égorger de mes propres mains tu vas bouffer tes entrailles et celles de ta mère sale chienne t'as aucun respect et on va te crever pétasse on va rigoler quand je vais venir te violer tu vas implorer Dieu tu vas la sentir ma grosse bite te sortir par les yeux connasse pétasse pouffiasse j'ai hâte que tu meures je veux t'entendre couiner comme une truie tu vois mon couteau tu vas le sentir sous ta gorge je vais te découper et quand tu seras morte je vais te violer sale lesbienne ta mère va se la prendre dans le cul on va tous lui passer dessus on va te brûler à l'acide d'abord le visage et puis les seins on va t'égorger sale pute je vais t'enterrer vivante te massacrer on va te retrouver et on va te tuer tu vas souffrir avant de mourir c'est qu'une question de temps avant qu'on te retrouve.

Quand vous lirez ces lignes…

J'ignore si je serai encore vivante.

Une nouvelle journée commence. Et avec elle, de nouvelles menaces noient mon téléphone.

Tu t'es pas encore suicidée ? Quand je vais t'attraper je vais te violer et je vais t'égorger toi et ta mère la pute. Sale chienne.

J'ouvre les volets de ma chambre.

Hier soir, j'ai fondu en larmes. La fierté qui m'a permis de garder la tête haute jusqu'à présent me fait parfois défaut. Je me demande si j'ai encore la force de me battre et de vivre, ou si c'est simplement ce que j'essaie de faire croire.

Dehors, le cœur du monde bat.

Le mien s'est mis en pause.

Enfermée entre quatre murs, je descends prendre mon petit-déjeuner. Mes parents font un café aux gendarmes stationnés devant notre maison avant d'aller travailler. Je reste seule et j'écris.

Ce livre est le seul moyen de briser ma captivité. Est-ce que je parviendrai à l'écrire jusqu'à la fin ? Ils m'ont déjà arraché tant de choses.

J'étais une jeune fille heureuse et pleine de vie. Je sortais de jour comme de nuit, les gens m'appréciaient.

J'ai depuis toujours adoré inventer des histoires, créer des univers fantastiques, dans lesquels je fais évoluer mes personnages, en m'inspirant parfois de la vie réelle. Des lieux, des aventures magiques, des mystères et des émotions… J'imaginais que le premier livre que j'écrirais serait un roman plutôt qu'un témoignage, même si beaucoup m'affublent d'adjectifs puisés dans les mythes en me traitant de sorcière.

Vous avez sans doute entendu parler de moi.

Je m'appelle Mila, je suis majeure depuis peu, et je suis menacée de viol et de mort depuis mes 16 ans pour avoir publiquement, dit-on, insulté l'islam.

Je suis votre fille, votre nièce, votre cousine. Votre amie au collège. Celle que vous détestez. Une sale gamine mal élevée. Votre ennemie jurée. Une pauvre fille. Ou bien une amie. Une adolescente comme une autre. Une jeune femme courageuse.

Malgré moi, je porte sur mes épaules le combat qu'un pays entier devrait mener. Celui de la liberté d'expression.

Devoir supporter un tel poids à mon âge est révoltant.

Je suis abandonnée par une nation fragile et lâche.

Il faut que je vous raconte ce que cela fait d'avoir 17 ans, de recevoir chaque jour des messages me promettant les tourments d'une mort violente, acide au visage, égorgement, écartèlement, décapitation, viols en série, démembrement, ce que cela fait de ne plus être libre, d'être incarcérée chez soi avec la menace qui rôde. On me dit souvent d'ailleurs que je l'ai mérité, qu'il fallait que je m'y attende.

Certains pensent que ce livre va permettre de calmer la situation et d'éveiller les consciences.

Le monde entier a vu la vidéo que j'ai réalisée, et qui a tout déclenché. Parfois je suis tentée de la regarder : pour ce livre, bien sûr, et pour comprendre. Je reste stupéfaite et blessée. La regarder est comme impossible. J'ai la nausée, mon corps se paralyse – je ne changerais pas un mot, même si certains, lancés sous le coup de la colère, sont peut-être maladroits. Et que l'on ne vienne pas me faire un procès pour racisme. Ce serait aussi absurde que de prétendre que se moquer de Zeus, ce serait grécophobe…

Mais le temps passe, je me transforme, je m'étoffe ; et surtout je vois à quel point ce monde est fou, fou d'incompréhension, fou de violence.

Je connais des musulmans de tous horizons, de tous pays, de toutes sensibilités, d'orientations sexuelles diverses, laïcs, tolérants, passionnés de mode ou de voyages, discrets ou grandes gueules, drôles ou ennuyeux. Bref, nos sœurs et frères humains.

Et puis il y a les autres, les radicaux, dont je ne croise jamais le regard, et qui sont prêts à me tuer, par les mots ou par le sang. Et prêts sans doute à vous menacer aussi, vous qui comme moi aimez la liberté, la vraie, la liberté de rencontrer, de se vêtir avec goût, avec audace, avec amour, de ne pas être d'accord, de s'engueuler avec douceur, d'être amis, d'oser des choses, de sourire, d'aller trop loin, bref : de vivre.

Les premières victimes de cette violence sont souvent les musulmans eux-mêmes, qu'ils soient pratiquants ou non, qu'ils cherchent simplement un bonheur tranquille, pacifique. Ou qu'ils cherchent à aimer et penser et s'exprimer librement.

Je ne sais pas si ces flammes-là peuvent s'éteindre, ravivées sans cesse par la haine. Comment éviter l'incendie ?

Je suis au cœur de la colère du pays, et c'est ce qui m'effraie le plus.

Ce livre, c'est ma voix qu'on a essayé de censurer et qui renaît.

Si vous pensez que je vais formuler des regrets, refermez-le.

Je veux juste poser mes mots. Vous les livrer, calmement, longuement. Un livre n'a rien à voir avec la fugacité d'un tweet, d'une story Instagram ou d'un entretien de presse.

Essayer de comprendre comment j'en suis arrivée là. Comment nous en sommes tous arrivés là.

Mon histoire est entre vos mains.

Dans ma bulle

À l'heure où je commence ces lignes, j'ai 17 ans. Et l'impression de vivre dans une série pleine de drames et de sales histoires. Et pourtant j'ai eu une enfance des plus banales.

J'étais une gamine un peu turbulente, tête en l'air, agitée à l'école avec un bon petit caractère.

Que dire de plus ? On n'écrit pas sa biographie à 17 ans. C'est censé être l'âge où on regarde devant soi, pas derrière.

Je suis née en région parisienne, et j'y ai vécu les trois premières années de ma vie, puis j'ai grandi au cœur de la campagne iséroise.

J'ai été éduquée en dehors de la religion, dans une famille athée.

Plutôt bonne élève à l'école, même si les enfants se moquaient de moi parce que j'étais toujours « dans la lune ». J'avais du mal à me concentrer en classe, mais aussi chez moi. Mes professeurs me punissaient quand je perturbais leurs cours. Je n'ai presque jamais réussi à faire mes devoirs correctement. Dans mon entourage, les gens se froissaient car je ne les écoutais pas.

Ma mère s'est très tôt posé des questions et a commencé à faire des recherches alors que j'avais environ 12 ans. Tous les signes que je présentais convergeaient vers le TDAH (Trouble du déficit de l'attention avec hyperactivité.) Mais à l'époque, ce trouble était très peu connu en France.

Pendant plus de deux ans, elle m'a fait consulter des psychologues, puis des pédopsychiatres qui ne m'ont pas aidée. Ils n'écoutaient pas mes parents. Certains leur disaient que mon problème se réglerait tout seul, au fil des années, par des séances de discussion… Allez dire à une femme en train d'accoucher qui hurle de douleur qu'elle peut se passer de péridurale.

En octobre 2016, j'ai finalement été diagnostiquée par un service spécialisé en neurologie à l'hôpital. Ce fut une délivrance pour mes parents et moi-même de pouvoir mettre des mots sur le mal dont je souffrais. Nous allions enfin pouvoir avancer.

Ce trouble définit beaucoup d'aspects de ma personnalité : problèmes de concentration, d'inattention, impulsivité chronique, je me sens vite agressée et je peux réagir de manière excessive.

Ça fait partie de moi.

Quand on me parle et que je suis dans ma bulle,

je ne me sens pas la force de répondre. C'est comme si je n'entendais rien, sans être sourde pour autant. Je suis terriblement irréfléchie parfois. Il m'arrive d'avoir des idées saugrenues, comme me raser le crâne et les sourcils sur un coup de tête, ou faire des pâtes au Redbull pour voir ce que ça fait.

J'ai du mal à avoir une longue conversation avec une personne si je ne marche pas en même temps, ou bien si je n'ai pas un objet dans les mains, comme une cigarette, ou même un bout de plastique.

À part ça, j'ai eu une adolescence normale. Faite d'embrouilles entre copines, de découvertes et d'expériences. J'ai eu des amis formidables, avec qui j'ai passé de bons moments, même si je n'ai jamais vraiment réussi à les garder sur le long terme. J'ai fait de belles bêtises aussi ! Je me rebellais. J'avais des fréquentations qui exerçaient une mauvaise influence sur moi. Et puis je dois avouer que j'étais très naïve, mais surtout curieuse. J'ai pris quelquefois des drogues. Et tout cela malgré la vigilance de mes parents. Je reste peu fière de cette période. Aujourd'hui, je fume quelques cigarettes à l'occasion et ça me convient très bien.

Depuis toujours je rêve de devenir chanteuse. Je ne me souviens pas d'où m'est venue cette passion. Petite, quand j'étais seule, je transformais le salon en piste de karaoké. Je m'imaginais sur scène avec une télécommande en guise de micro. Je n'ai pas arrêté cette activité qui a pour moi des vertus thérapeutiques.

En 2018, j'entre au lycée. Le passage du collège au lycée est généralement très surprenant pour la plupart des élèves. Il l'a été pour tous mes amis qui ont poursuivi leur scolarité dans d'autres villes. J'avais l'impression d'être la seule à ne pas m'épanouir. J'ai passé cette première année de lycée dans le même établissement privé. Les seuls élèves que je connaissais du collège étaient des gens que je n'appréciais pas. J'ai quand même fait l'effort d'apprendre à connaître les nouveaux, puis j'ai compris que c'était une mauvaise idée, même si ça partait d'un bon sentiment.

Je m'habillais court et mon style était atypique. J'avais des goûts musicaux différents des autres et une forte personnalité. Personne ne voulait traîner ni être vu avec moi. Les filles de ma classe semblaient mal à l'aise lorsque je les approchais. J'ai eu la mauvaise surprise d'apprendre au bout de plusieurs semaines que je me prostituais et que je me droguais à longueur de temps... Apparemment, j'avais aussi fait refaire mes fesses et j'étais une fausse blonde...

Comme vous devez vous en douter, je suis rapidement devenue la fille solitaire qui sèche les cours pour fumer et écouter sa musique à un arrêt de bus. Je battais le record du nombre d'heures de colle et je ne m'y rendais presque jamais. J'avais pas mal d'amis dans les autres lycées de la ville.

L'unique module qui m'a intéressée cette année-là était celui de littérature et société. C'était plus un atelier qu'un cours.

On entrait en classe, on s'asseyait et on laissait notre inspiration nous guider pour écrire des textes, des poèmes, des histoires... C'est la première fois que je me suis sentie libre.

La professeure était une petite dame d'un certain âge, qui parlait de manière très sage. Elle ne se lassait jamais d'écouter ou de lire nos écrits et elle donnait d'excellents conseils. Elle était passionnée.

Un jour, elle est venue me parler à la fin de son cours, il me semble qu'elle était inquiète. Elle a évoqué les commentaires de la plupart de mes professeurs qui expliquaient que je dormais pendant les cours et que je m'isolais des autres élèves. Elle avait remarqué que je me comportais différemment dans sa classe. On a discuté, je lui ai fait part de ma passion pour le chant, et des facilités que j'avais depuis toujours pour l'écriture.

Pourquoi n'écrirais-tu pas des chansons ?

J'ai passé l'après-midi même dans un parc avec un cahier et un stylo. J'avais trouvé une musique instrumentale qui me plaisait sur YouTube que j'ai téléchargée pour m'inspirer.

« Bienvenue au Pays des rêves… Overdose fais de moi une reine… »

Alors que mon téléphone était envahi d'appels de mes parents qui s'inquiétaient, car le lycée avait dû les prévenir de mon absence, j'écrivais encore. J'ai raté mon premier bus, et je n'ai pas levé le nez de mon cahier dans le deuxième. J'ai marché jusque chez moi et j'ai claqué la porte, les yeux rivés sur cette feuille, le stylo au coin de la bouche. Ma première chanson est née ce jour-là. Les paroles expriment les mots d'une jeune fille qui a mis fin à ses jours. Le texte était sombre, je l'ai trouvé beau et c'était tout ce qui comptait. J'étais fière de moi.

« Enchantée, moi c'est Lucia, je ne suis plus de ce monde depuis hier soir. Une arme braquée sur mon cœur, que j'étais pourtant seule à voir. »

Suicide-toi, tes vidéos c'est de la merde

J'ai eu mon premier téléphone à 8 ans. C'était un téléphone à clapet, ancienne génération, il appartenait à mon oncle. Je faisais des jeux, comme *Snake*, et je m'en servais parfois pour appeler mes parents.

Petit à petit, les enfants de mon âge se sont mis aussi à avoir des portables.

En sixième, des élèves m'ont parlé d'Instagram. Le soir en rentrant chez moi, curieuse, j'ai décidé d'installer l'application. Avec les suggestions, j'ai pu voir que de nombreuses personnes que je connaissais utilisaient cette plateforme. J'ai passé du temps à scruter, observer les différents profils. J'ai trouvé ça fascinant. Surtout inspirant. Les filles de mon âge prenaient des selfies, avec des filtres censés les embellir, elles faisaient des bouches en cul-de-poule ou se filmaient en playback sur des chansons de Jul.

J'ai voulu m'y mettre moi aussi.

C'est là que j'ai commencé à me maquiller, faire

des retouches, et poster mes photos. J'avais des abonnés, j'échangeais avec des gens, j'étais accro. Je prenais des photos de mauvaise qualité, mais mon compte a quand même atteint une bonne visibilité, et petit à petit, il a gagné en qualité. Il était plus beau, plus travaillé. Ce compte, c'était mon enfant, je l'avais fait grandir moi-même. J'ai fini par avoir 10 000 abonnés fin 2019, après trois ans.

Au départ, je parlais surtout avec mes amis. Il y avait beaucoup d'embrouilles, à base de « T'as pas liké ma photo », « Tu m'as pas identifiée sur ton dernier post », « Tu t'es désabonnée de moi ».

Et ça pouvait partir loin : des bastons dans la cour, les gens se tapaient pour des choses insignifiantes.

J'ai connu ma première expérience de harcèlement en sixième. Je venais d'arriver dans ce collège privé en milieu d'année. Les élèves n'avaient pas l'air méchant mais ils me regardaient mal. Ils s'habillaient bien, ils étaient riches, superficiels et tous à la mode. Et moi j'avais déjà un style bien à part, à l'exact opposé du leur. J'ai commencé à sentir les moqueries. En classe, deux filles m'ont demandé :

— Tu veux faire quoi plus tard ?

— Je veux être une actrice et chanteuse connue, je rêve de jouer dans un film.

Elles sont ensuite allées raconter sur les réseaux sociaux et à tout le collège que je prétendais être chanteuse et actrice. Attroupements d'élèves autour de moi dans la cour. Ils m'insultaient et me crachaient dessus. Nous avions 12 ans.

« Quand tu joueras dans un film, tu feras le rôle de la prostituée ? »

À l'époque, les Youtubeurs étaient à la mode. Tous les collégiens connaissaient Cyprien, Natoo ou Norman. J'ai voulu essayer, comme d'autres élèves de mon collège, de faire des vidéos sur cette plateforme. On travaillait en classe avec des iPad. On filmait avec et on montait nos vidéos sur iMovie.

J'ai posté une première vidéo sur YouTube où je faisais la conne devant la caméra, rien de méchant. C'était une saynète, je voulais parler des clichés sur les blondes, c'était de l'autodérision, puisque je l'étais moi-même. J'ai rapidement eu 2 000 ou 3 000 vues, dont beaucoup de gens de mon collège.

Et une dizaine de commentaires haineux.

« Suicide-toi, tes vidéos c'est de la merde. »

« Miskina elle est folle. »

La plupart du temps, je savais qui c'était. Et ça

remontait jusqu'à mon compte Instagram sur lequel je recevais le même type de messages. Parfois je pleurais, ça me faisait du mal, mais je continuais.

À partir de la cinquième, j'ai commencé à avoir 2 000 abonnés et pour mon collège, c'était énorme. J'étais devenue la fille à suivre, j'étais assez « populaire », je n'aime pas ce terme, mais c'est celui qu'on emploie à l'école.

Je passais beaucoup de mon temps libre sur les réseaux sociaux. J'adorais partager mes centres d'intérêt avec mes amis et abonnés. C'était comme un univers second, plutôt agréable.

Sale lesbienne, t'es pas halal

J'aime tout le monde. Je ne suis pas attirée amoureusement ou sexuellement par une personne selon son sexe ou son genre. On appelle ça la « pansexualité », je préfère dire sincèrement que ce terme me sort par les yeux.

Au lycée, j'étais dénigrée pour mon style ou ma sexualité par les racailles qui traînaient à la sortie. Mais je m'en fichais. Je suis une jeune femme libre, extravertie, confiante, avec du caractère. J'aime m'habiller de manière légère. Je suis le genre de femme que détestent ceux qui veulent ma mort. Dès le début de mon adolescence, j'ai donc été, pour le simple fait d'être qui je suis, régulièrement insultée et moquée au nom de l'islam, que ce soit dans la rue ou sur Internet.

Pendant des années, mes parents ont insisté pour que je passe le bac général et que je fasse de longues études. J'ai longtemps essayé d'être à la hauteur de leurs attentes, tout en me mentant à moi-même.

J'avais des facilités à travailler et de bonnes notes durant mes années de collège. J'ai redoublé ma seconde dans un autre lycée.

Cette année-là, j'ai commencé à sortir avec une fille.

C'était une relation étrange au départ car nous étions de très bonnes amies en début d'année.

Une nuit, elle m'a embrassée et m'a avoué ses sentiments. J'ai dit « oui » pour ne pas lui faire de peine car j'avais peur de la perdre, mais je ne ressentais rien. Et, au fil du temps, j'ai commencé à l'aimer vraiment. Je ne savais pas que c'était possible.

Nous étions injuriées à chaque fois que nous passions devant le lycée en nous tenant la main.

Je n'ai jamais eu de mal à assumer ma sexualité, je ne l'ai jamais cachée.

Des « sales lesbiennes ! », j'en ai entendu beaucoup.

Au collège, certains musulmans hurlaient déjà : « Miskina, elle est pas halal » quand je m'habillais court. Un jour, j'ai répondu à deux filles qui m'insultaient à propos de ma robe qu'elles n'avaient qu'à changer de style pour me ressembler. Je crois qu'elles n'ont pas vraiment apprécié.

Au lycée, avec ma copine, on se faisait bousculer et moquer. « Wallah, les lesbiennes. » Un jour, des mecs ont essayé de me convaincre que l'homosexualité, c'était mal.

« Wallah, nique ta mère » était le cri qu'une bande de jeunes aimait pousser lorsque je passais devant eux avec ma copine. Il fallait toujours que je garde mon sang-froid lorsque je les croisais.

Une fois, alors que je déjeunais devant le lycée avec des amies, ils se sont mis de loin à me jeter un caillou sur la tête. J'ai regardé autour de moi. J'ai reçu un deuxième caillou encore plus gros en plein visage, et là, mon sang n'a fait qu'un tour.

« Sale lesbienne. »

J'avais mal, et ma colère a pris le dessus. Je me suis levée et j'ai couru dans leur direction. Pour être honnête, je m'apprêtais à les frapper de toutes mes forces. Mais des élèves se sont interposés et m'ont retenue.

Ils venaient aussi me voir quand j'étais seule pour me demander pourquoi j'étais lesbienne et si je n'avais pas peur de finir en enfer.

L'un d'eux m'a même demandé de ne plus me montrer au lycée avec ma copine car c'était « *haram* ».

Ces jeunes viennent de familles très pratiquantes et fermées, ils sont endoctrinés.

Ils ont été élevés dans la haine des homosexuels, des juifs, des apostats, des femmes et des mécréants. Ils haïssent toutes les personnes qui sont libres et qui ne vivent pas comme eux dans le carcan de la religion.

Chez moi, on a toujours parlé librement des religions et de leurs dérives.

Mon père lisait *Hara-Kiri* il y a très longtemps et *Charlie Hebdo*.

La religion c'était un non-événement dans notre famille jusqu'à ce qu'on se la prenne en pleine face.

Je suis sûre d'une chose : mon orientation sexuelle a cristallisé en grande partie la haine qui a déferlé sur moi.

« Impossible de vous connecter à votre compte »

Message privé, reçu le 15 décembre 2020.

« Salut Mila, c'est KOBZ. je tenais à m'excuser pour tout ce qu'il t'arrive, c'est en partie beaucoup de ma faute. [...] J'ai donc publié tes informations, bref je sais que même des mots ne feront absolument pas réparer toutes mes erreurs mais tu as tout mon soutien. Vraiment, si t'as besoin que j'te dox quelqu'un je suis là. Encore désolé... »

Le 7 janvier 2020, onze jours avant le début de l'affaire, je me réveille un matin en découvrant avec effroi que mon compte Snapchat a été piraté. J'essaie par tous les moyens de le récupérer, mais les informations personnelles ont été modifiées.

La veille, un individu que je ne connaissais pas, tenant un compte Instagram au nom de « INSA Event », m'avait contactée, expliquant qu'il était un étudiant à l'INSA, une école d'ingénieurs à Lyon.

Pour promouvoir un projet de soirées étudiantes, lui et son équipe étaient à la recherche de petits influenceurs comme moi, et il m'a donc proposé un shooting rémunéré à plus de cent euros à Lyon. Ravie, je lui ai répondu que j'étais intéressée et j'en ai même parlé à mes parents qui n'étaient pas contre. Je me souviens qu'il m'avait envoyé un lien sur lequel je pourrais trouver plus d'informations et qui n'a pas fonctionné.

Le lendemain, alors que mon compte était toujours inaccessible, ils m'ont recontactée pour avoir de mes nouvelles. Je leur ai expliqué que je prendrais le temps d'y réfléchir plus tard car je m'étais fait hacker mon compte Snapchat.

Ce compte était important pour moi. J'avais depuis des années rassemblé toutes les photos et vidéos de mes voyages, de mes amis, mes projets, maquillages et tenues, mes délires et plein d'autres éléments de ma vie dans la galerie privée qu'on appelle « memories ». Mais il y a autre chose que je redoutais terriblement. Dans ces archives, se trouvait une autre galerie, qui comportait des photos de moi nue. Il fallait entrer un mot de passe chiffré pour y accéder. Je ne les envoyais à personne, je les gardais pour moi.

J'ignorais l'identité de mon hacker et je redoutais qu'il retrouve ces photos pour les publier et me nuire. J'ai découvert qu'il s'était approprié mon compte en le renommant au nom de « Thomas », et en changeant le profil de l'avatar devenu masculin, la peau noire avec des tresses africaines. Heureusement, la localisation de mon Snap était activée. L'avatar de mon compte a donc facilement été géolocalisé par mes amis en plein centre-ville, près de l'ancien établissement privé dans lequel j'avais fait toutes mes années de collège.

La personne derrière le compte INSA Event m'a alors proposé son aide pour récupérer mon compte Snapchat, et m'a affirmé connaître un ami qui pourrait le hacker à son tour. J'étais désespérée, alors j'ai accepté. J'ai été mise en contact avec ce second individu. Je me souviens qu'il m'a demandé plusieurs informations relatives au téléphone, comme mes anciens mots de passe, ou mon adresse mail de récupération, mais il m'a aussi recommandé de retirer la double authentification de mon compte Instagram. Je ne comprenais pas quel était le rapport, et à quoi cela servirait mais je l'ai fait, poussée par l'angoisse.

Quelques heures plus tard, il m'a dit qu'il « avait réussi » à récupérer mon compte Snapchat. Il avait localisé mon hacker, trouvé son identité, apparemment un jeune homme de 17 ans, et eu accès à sa caméra sur laquelle il y avait malheureusement un morceau de Scotch. On ne pouvait pas voir son visage.

Le lendemain, je suis partie en cours. J'étais soulagée et de nouveau souriante. Ma journée s'est déroulée comme n'importe quelle autre journée, jusqu'au soir… J'ai déposé mon cartable dans l'entrée, je me suis lavé les mains et me suis installée dans mon grand fauteuil pour souffler. J'attrape mon téléphone pour ouvrir l'application Instagram.

« Vous avez été déconnecté. »

À cet instant, mon cœur fait un bond dans ma poitrine. Je réessaie.

« Impossible de vous connecter. Nom d'utilisateur ou mot de passe incorrect. »

J'ouvre alors ma boîte mail, toujours à partir de mon téléphone, et je vois plusieurs mails liés à la récupération de mon compte Instagram. Le dernier indique que le mot de passe ainsi que les coordonnées de récupération du compte ont été modifiés. Je panique. Mon compte Instagram a toujours été important à mes yeux, je l'avais depuis des années et plus de 10 000 personnes me suivaient.

J'étais dépitée, mais têtue comme je suis, j'ai fait tout mon possible pour récupérer mes accès, à commencer par contacter le service de la plateforme. Je me souvenais l'avoir déjà fait quelques années auparavant, avec l'aide de ma mère, et cela avait marché. Hélas, cette démarche n'a pas abouti. Mon hacker avait supprimé toutes les archives et publications de mon compte, tout ce qui pouvait le relier à moi.

J'ai essayé de recontacter les deux individus prétendument de l'INSA avec un compte secondaire. Ils m'ont directement répondu qu'ils ne pouvaient pas m'aider, et qu'il ne fallait pas que je porte plainte : « *La police pourrait remonter jusqu'à nous et nous arrêter. Ce que nous avons fait pour t'aider était illégal. Nous avons déjà eu des problèmes du genre avec la justice et préférons éviter que cela ne se reproduise. Ne nous trahis pas.* »

J'ai dit adieu à mon compte Instagram. Quelques jours plus tard, j'ai pu voir qu'il avait été revendu à un certain David, qui était apparemment le patron d'une boîte d'événementiel. J'ai compris que mon hacker gagnait sûrement sa vie de cette manière, en piratant des comptes influents et en les revendant…

J'ai en créé un nouveau quelques mois plus tard, n'ayant plus aucune solution. J'ai recommencé à zéro et j'ai retrouvé petit à petit ma communauté.

Qu'Allah te guide, sale pute

C'est là que l'affaire a explosé.

J'ai 16 ans.

Le samedi 18 janvier 2020, je poste une vidéo en direct sur Instagram. La vingtaine d'abonnés présents à ce moment-là écrivent des commentaires et nous communiquons ainsi. L'un d'entre eux commence à me draguer lourdement. Je l'ignore. Un autre me demande quel est mon genre de fille. « T'as une préférence pour les blanches, les arabes, les noires ? » Je réponds en toute simplicité que les arabes et les noires ne sont pas spécialement mon genre et qu'elles ne m'attirent pas physiquement. Je dis ça sans réfléchir comme j'aurais pu dire que les blondes ou les femmes à lunettes ne sont pas mon style.

Le garçon qui m'a draguée quelques minutes plus tôt commence à me traiter de raciste, puis à m'insulter au nom d'Allah. Je réponds que m'insulter au nom d'une religion est puéril. Il inclut alors dans la vidéo en direct des amis à lui, qui se mettent à m'injurier à leur tour.

« Sale lesbienne, on va te niquer ta mère wallah »

« Qu'Allah te guide sale pute »

« Sur le coran, je vais te démarrer espèce de transsexuel »

Je finis par couper ma vidéo en direct. Quelques minutes plus tard, en consultant mon Instagram, je découvre une dizaine de messages d'internautes inconnus me menaçant de mort et de viol, encore une fois au nom de l'islam. En l'espace de quelques minutes, je suis devenue « raciste », « islamophobe », une « sale blanche », une « sale Française ».

Mon sang ne fait qu'un tour devant ces attaques injustes et ignorantes.

Je me remets sur Instagram et je fais une courte vidéo en story pour exprimer mon dégoût. J'ajoute : « Votre religion, c'est de la merde. Votre dieu, je lui mets un doigt dans le trou du cul. » Je m'attends à ce que quelques internautes soient agacés.

La mer se lève : commentaires dégradants, insultes venant de certaines de mes connaissances et abonnés. La vague se déchaîne et se creuse : les injures deviennent plus violentes, ma vidéo est partagée sur tous les réseaux sociaux, relayée par de nombreuses personnes en colère, des comptes très suivis sur Twitter. La vague se fracasse : les menaces de mort arrivent par milliers. Je suis sous le choc. Je descends dans le salon raconter à mes parents ce qui arrive.

Je suis abasourdie. Ils ne comprennent pas.

Ça va passer, disent-ils, il ne faut pas prendre à cœur les menaces.

Mais ça ne passe pas.

Plus tard dans la journée, ma mère est en train de peindre les volets, je la supplie de m'emmener au plus vite à la gendarmerie pour porter plainte et signaler les menaces qui se multiplient chaque seconde sur Internet. Encore une fois, elle ne me prend pas au sérieux. Elle veut finir de peindre ses volets. Mais quand je lui montre les menaces de mort, de viol, de brûlures à l'acide au visage par de nombreuses personnes de mon lycée, elle accepte de m'y conduire.

Silence de mort pendant le trajet. La gendarme qui prend notre plainte doit se faire aider par un collègue. Au début, j'ai l'impression d'être considérée comme une vulgaire adolescente qui fait toute une histoire pour quelques grossièretés. Et pourtant, je montre bien mon téléphone, sur lequel s'affichent chaque seconde des centaines de messages haineux et menaçants. Elle ne prend pas au sérieux cette affaire de harcèlement dont elle ne parvient pas à saisir la gravité, ni même les ressorts. J'ai le sentiment de perdre la tête.

À partir de ce jour, qui a marqué le début de « l'affaire Mila », j'ai été victime d'un lynchage systématique et exponentiel.

Deux jours après, j'ai reçu un message de celui qui avait piraté mes comptes Snapchat et Instagram.

« Salut c'est KOBZ »

Je ne réponds pas.

« J'ai des nudes de toi »

Et il m'envoie toutes les captures d'écran qu'il a faites à partir de ma galerie personnelle Snapchat.

Je me suis effondrée.

J'ai repensé à cette fille avec qui j'étais au collège. Une histoire qui m'avait choquée. Les autres se moquaient de son physique. Et un jour, tout le monde riait, faisant tourner des photos d'elle. La veille, elle avait parlé avec un garçon sur Skype qui lui avait demandé de se mettre nue et d'écarter son sexe. Et cette capture d'écran tournait. Le garçon en question a été viré du collège. Moi, j'avais un peu parlé à cette fille, j'ai fait mon possible pour l'aider à se sentir bien après ça.

Et maintenant, j'étais à sa place.

Je vivais ce que beaucoup de femmes subissent, victimes comme moi de *hacking* ou de *revenge porn*.

En plus de cette humiliation, mes hackers disaient sur les réseaux qu'ils allaient bientôt partager mes données personnelles : numéro de téléphone, mots de passe de mes réseaux sociaux, adresse.

« On va dox Mila, on va la faire payer. »

Tout le monde était à l'affût.

Mon père a essayé de joindre ce « Kobz » et lui a laissé un message pour le mettre en garde en lui disant que des poursuites étaient en cours et qu'il allait rapidement comprendre son erreur.

Rien à faire.

Mes détracteurs se vantaient même sur les réseaux de passer à la télé, et d'avoir réussi à faire parler d'eux.

Ils proposaient aux internautes de Twitter de publier mes photos de nu en échange de retweets, de follows ou de likes.

Comme promis, mes informations ont été divulguées. Par chance, l'adresse postale communiquée n'était pas la mienne. J'ai cependant été informée plus tard que c'était une adresse qui existait, et j'ai entendu dire qu'un rassemblement d'une trentaine de personnes s'était tenu devant ce domicile et qu'il y aurait eu des agressions. Mais je n'en ai jamais eu la confirmation.

Je recevais des dizaines d'appels, ainsi qu'une bonne centaine de messages à la minute. Je ne pouvais absolument plus me servir de mon téléphone si je ne le mettais pas en mode avion. J'avais l'impression d'être devenue une bête de foire médiatique et virtuelle. Ça ne parlait que de moi sur Twitter, et dans les médias.

Des internautes créaient des comptes usurpant mon identité, prétendaient que j'étais désolée et que je comptais me suicider. Il y avait aussi de faux comptes médiatiques, confirmant mon suicide. De nombreux adolescents relayaient ces « fakes news » et se réjouissaient. Des comptes avec de fausses cagnottes à mon nom sont apparus. Mon compte Instagram a été enseveli sous les messages et les commentaires haineux. Des dizaines de milliers d'internautes me condamnaient.

Dans ce contexte, mon retour au lycée, le lundi suivant, devenait de plus en plus dangereux.

Une fille de mon lycée, avec qui je m'entendais très bien, a lancé une discussion :

« J'ai hâte que Mila se suicide lundi »

« Elle est dans mon lycée, ça va être incroyable lundi. Je vais tweeter tout ça. »

« Ça va être appréciable j'me demande qui va être le premier à la frapper lundi »

« Lundi si il se passe rien vraiment je vais être tarpin déçue, pour une fois qu'il peut y avoir de l'action… »

« J'ai passé ma journée sur Twitter à parler sur la polémique de Mila, et clairement c'était top. »

« Je pense que tu verras ce tweet, tu as de la chance que je ne balance pas ton adresse ma belle »

« Suicide »

« Elle va vraiment mourir »

Je l'avais invitée à venir dormir chez moi une fois. Et c'était la première à organiser mon lynchage. Je ne connaissais pratiquement personne dans mon lycée, et c'était la seule fille de mon établissement à m'avoir harcelée dont nous étions certains de l'identité. Ma mère lui a envoyé ce message :

« Bonjour Lora, je suis la maman de Mila. J'ai vu tout ce que tu publiais sur Twitter sur Mila. Ça

s'appelle de l'incitation au harcèlement et au suicide. Je ne comprends pas ta position de mettre de l'huile sur le feu, quel est ton intérêt dans tout ça ? Prends-tu du plaisir à mettre la vie de Mila en danger ? Car c'est bien de cela qu'il s'agit, vu les milliers de messages appelant à la violer, à me violer, à l'égorger et maintenant des groupes constitués pour lui balancer de l'acide ou la brûler. Prendras-tu du plaisir à te faire le reporter de ce qui pourrait se passer lundi matin sur Twitter, comme tu l'as proposé ? Des plaintes ont été déposées hier en gendarmerie. Juste une chose : Tu es la seule à connaître où habite Mila, je t'ai reçue chez moi. Si notre adresse sort, tu en seras responsable et je porterai plainte. »

Ma mère a ajouté en pièce jointe une capture d'écran d'un tweet, dans lequel Lora se réjouissait de mon suicide.

Se rendant sans doute compte qu'elle était allée trop loin, Lora a répondu en se contredisant :

« *La photo que vous m'avez envoyée est le seul message vraiment haineux que j'ai mis, mais c'est de l'humour noir* » puis « *Si mes messages ont affecté Mila, j'en suis réellement désolée. Et justement, j'ai bien dit que j'avais peur pour elle lundi, et que je n'ai aucune envie qu'elle se fasse frapper. Mila est allé trop loin dans ses propos, alors les gens ont été vraiment haineux et j'ai eu peur de ça.* »

Nous avons porté plainte. Lora a été convoquée par la gendarmerie, mais n'a pas été sanctionnée, ni par décision judiciaire ni par son établissement scolaire. Elle est même allée s'en vanter sur Twitter.

Elle n'était bien évidemment pas la seule élève de mon lycée à me harceler, et ce qu'elle disait n'était rien en comparaison du torrent de menaces que m'envoyaient d'autres élèves. Ceux-ci s'impatientaient de brûler mon visage à l'acide, de me décapiter devant tout le monde.

Pourtant dans ma classe, nous étions amis et complices. On s'entraidait, et je m'amusais bien avec eux.

« *Reviens pas Mila, on va te mettre en sang* »
« *Sale pute, si tu reviens lundi tu vas mourir* »

Voilà ce que les élèves de ma classe que j'appréciais m'ont écrit dans un groupe Snapchat.

J'ai vu la meute se mettre en marche, participer à la violence et à l'appel à l'assassinat d'une adolescente, uniformément, sans réfléchir, au nom de la défense d'une religion d'amour et de paix.

Les hérauts du sang et du meurtre : voilà ce qu'ils devenaient, cachés derrière leurs bonnes intentions.

Mon ex-petite copine, avec qui j'étais restée en très bons termes, n'a eu pour moi que des paroles tranchantes, ne faisant preuve d'aucune compassion. Des phrases sans doute dictées par la peur…

« Tu n'as pas le droit de dire ce que tu as dit. Tu mérites ce qu'il t'arrive, et tu mérites même bien pire que ça. »

J'aimais cette fille, et lire ça m'a fait énormément souffrir. La voir se détourner pour rallier la meute assoiffée de violence. Mon premier amour me tournait le dos dans un acte de lâcheté ultime.

Lundi 20 janvier 2020.

Quelqu'un a téléphoné à la proviseure dès la première heure, en se faisant passer pour mon père, pour confirmer que je me rendrais bien en cours. L'établissement avait déjà appelé la gendarmerie pour m'escorter et me protéger de la foule d'élèves qui s'accumulait devant le portail. Ma mère avait pensé à demander dès samedi, lors du premier dépôt de plainte, la présence de la gendarmerie devant le lycée, l'ampleur des menaces laissant présager une émeute.

Quelques jours après, des rumeurs ont couru,

signalant ma présence dans le bureau de la Vie scolaire. Une horde d'élèves a déboulé dans la pièce en crachant partout et hurlant qu'ils allaient me décapiter.

Je me demande encore si je serais vivante à l'heure qu'il est si j'étais retournée dans mon lycée.

Je pouvais dire adieu à ma vie d'avant.

J'avais basculé dans un cauchemar éveillé.

#JeNeSuisPasMila

Alors que mon numéro était toujours accessible à tout le pays, j'ai ouvert accidentellement le message d'un homme que je ne connaissais pas, se présentant comme apostat. Il m'a expliqué qu'une influenceuse féministe très sécuritaire et identitaire nommée Solveig Mineo me défendait publiquement sur son compte Twitter, et cherchait à me contacter.

Curieuse, je suis allée me renseigner sur cette jeune femme, et j'ai alors pu voir ses publications à mon sujet, prenant mon parti. J'ai trouvé ça touchant, d'autant plus qu'on ne se connaissait absolument pas. Je lui ai envoyé un message privé pour la remercier. À ma grande surprise, elle m'a répondu assez rapidement. Je me souviens avoir longuement discuté avec elle par messages, puis au téléphone. Elle m'a alors proposé d'écrire un article sur moi, sur la plateforme Bellica, qu'elle tient elle-même, afin de rétablir la vérité, en rapportant précisément les faits. Elle m'a posé des questions, et je lui ai tout expliqué, en tâchant d'être la plus précise possible.

Le 21 janvier 2020, son article a été mis en ligne.

« *Mila, lycéenne de 16 ans, se retrouve en danger de mort pour avoir critiqué la dimension haineuse des religions en général et de l'islam en particulier, en réponse à un harcèlement lesbophobe et misogyne qu'elle venait de subir de la part d'internautes musulmans sur Instagram.* »

Dans cet article, Solveig Mineo explique en détail les faits, comme il était convenu. Elle reprend parfois mes paroles à la lettre.

« *Je ne peux plus mettre un pied dans mon lycée, et je ne peux même pas changer d'établissement parce que c'est la France entière qui veut ma peau.* »

« *Mon plus grand rêve dans la vie, c'était d'être chanteuse, et ils ont brisé mon rêve. J'aurai une étiquette collée sur le front à jamais. C'est ça qui me fait souffrir le plus.* »

« *Les gens n'oublient pas. Internet n'oublie pas. Si je me tais, je laisse les harceleurs me faire passer pour celle que je ne suis pas. Je ne peux pas juste me taire dans l'espoir que les choses se tassent, car en attendant il y a des comptes fakes de moi.* »

« Des gens usurpent mon identité sur les réseaux sociaux pour faire des cagnottes en ligne, et même pour dire que je vais me suicider. »

Cet article de Solveig Mineo a été repris par de nombreux médias et journaux. En parallèle, elle a lancé sur Twitter, et sur les autres réseaux sociaux, dont une page Facebook entièrement dédiée à moi, le hashtag *#JeSuisMila.*

Le soir même, alors que j'avais le moral à zéro, que je me sentais seule et détestée de tous, j'ai eu l'immense joie de découvrir que ce *#JeSuisMila* avait pris une très grande ampleur sur les réseaux sociaux.

Pour la première fois depuis le commencement de cette histoire, j'ai pu lire des messages de bienveillance publiés par des personnes qui me soutenaient.

Toute cette gentillesse m'a fait un bien fou. Je me suis sentie apaisée, et j'avais l'impression que cela faisait une éternité que je ne l'avais pas été.

Par la suite, j'ai reçu du courrier du monde entier. Des dessins, des cartes postales, des lettres… Et même des tickets gagnants de loterie !

J'ai tant apprécié les lettres que je les ai accrochées au mur de ma chambre, et elles y sont toujours !

Malheureusement, la réalité a fini par me rattraper.

On m'a plus tard reproché d'avoir été défendue par Solveig Mineo, au nom de ses positions idéologiques – que j'ignorais à l'époque. C'est alors que j'ai découvert ses affinités avec l'extrême droite.

Mon cher *#JeSuisMila* a rapidement été concurrencé par le *#JeNeSuisPasMila* lancé par les *haters*. Ceux-ci se plaignaient du soutien qui se formait autour de moi. Ils n'hésitaient pas, après m'avoir harcelée, insultée, incitée au suicide, menacée de mort, de viol et de torture, à brandir l'étendard de l'islamophobie.

Une enquête a été ouverte contre moi par le procureur pour « provocation à la haine raciale » puis classée sans suite une semaine plus tard, pour laisser la place à une nouvelle enquête contre les auteurs des menaces. Les gens avaient beau dire que j'étais poursuivie, j'avais été blanchie.

J'ai parlé pour la première fois, avec mes parents, à mon avocat, Maître Richard Malka. Après ces quelques jours de folie, poursuivie par une foule vengeresse, j'avais l'impression de vivre dans une grotte, dans l'obscurité et le silence. Le sourire et le calme de Richard Malka ont été, pour mes parents et pour moi, un grand réconfort, et nous avons commencé à entrapercevoir la lumière. Nous ne serions plus seuls désormais.

Tu fais tout ça pour le buzz

Je ne sais pas ce qui me choquait le plus entre le harcèlement des internautes, ou celui de certains journalistes, qui tentaient de contacter chaque personne de mon entourage, ma famille, mes amis plus ou moins proches, les habitants de ma commune, et qui faisaient le siège de mon domicile. Ils n'ont pas hésité à solliciter le maire et même les commerçants. La plupart de nos voisins ont répondu qu'ils ne nous connaissaient pas et que nous n'habitions pas ici. L'un d'entre eux a menacé d'appeler la police s'ils continuaient à stationner devant chez nous. On se serait cru dans un village corse où règne l'omerta.

Au tout début, pendant deux semaines, les journalistes se sont succédé aux abords de mon lycée. Par la suite, certains s'y sont même introduits.

Les témoignages des quelques élèves qui ont été interviewés m'ont brisé un peu plus le cœur.

« Si elle retourne au lycée, on lui crachera dessus. »

« Elle exagère, elle a voulu faire le buzz. »

« Elle a eu ce qu'elle méritait, c'est tout. »

« Moi, je la balance d'ici dans les buissons. Pas par terre, il ne faut pas salir notre belle route. »

« Elle aurait dû aller en prison. »

« La vérité, c'est qu'on voulait la prendre, la mettre dans un coin et qu'elle fasse une vidéo d'excuse. C'est un peu oppressant, je vous le cache pas, mais on ne l'aurait pas frappée. À la limite, elle se serait battue avec une fille. »

J'ai dû changer de couleur de cheveux, pour qu'on ne puisse pas me reconnaître. Je suis passée d'un violet clair à un châtain foncé. J'ai même commandé des vêtements sur Internet, dans un style différent.

Je ne savais absolument pas comment gérer cette pression. Je devenais un symbole aux yeux de tous, j'étais dépassée.

J'étais sollicitée par de nombreuses chaînes et journaux. J'ai pris la décision, avec mes parents et Richard Malka, de m'exprimer une seule et unique fois à la télévision. Nous avons choisi l'émission

« Quotidien » que mon père regardait depuis toujours.

À peine entrée dans les locaux parisiens, j'étais tremblante. J'ai gagné ma loge, les mains moites. Il y avait à ma disposition plein de choses à grignoter. Des bonbons, des pistaches, des boissons… La petite pièce était décorée d'un grand miroir lumineux, de quelques meubles et de portraits de célébrités telles que Ed Sheeran, Antoine Griezmann, Katy Perry… Qui ont dû passer dans cette même loge. J'ai rencontré une partie de l'équipe dans les coulisses, le présentateur et les chroniqueurs…

J'ai adoré échanger avec le maquilleur. Je lui ai montré quelques photos de mes maquillages artistiques, et je lui ai posé beaucoup de questions sur son métier.

L'appel de Yann Barthès me fait frissonner. Mon cœur bat fort mais je m'efforce de ne pas l'écouter. Je me retourne vers mon père et Richard Malka qui m'encouragent une dernière fois, puis je fonce sur le plateau. Cette entrée est glaciale, troublante. Le public me fixe mais n'applaudit pas et ne laisse paraître aucune émotion. Je m'assois en face de Yann Barthès, les caméras se braquent sur moi, ce qui me tétanise un peu plus. Je regarde le présentateur dans les yeux, et je ne les détourne plus une seule seconde. C'est ce qu'on m'avait fortement conseillé de faire quand j'étais dans ma loge, pour ne pas être déstabilisée et rester concentrée.

En me tenant face à lui, j'ai immédiatement eu un très fort sentiment de tristesse. Quand je regardais l'émission avec mes parents, et que la caméra était centrée sur Yann Barthès, j'imaginais parfois qu'un jour je ferais partie des célébrités invitées par l'émission.

Je me retrouve ici maintenant, mais ce n'est pas pour parler de ma vie d'artiste. Je suis là pour me justifier, pour avouer que mon existence est devenue un enfer sur terre et pour être la porte-parole des millions de personnes qui n'ont jamais eu l'audace de s'exprimer comme je l'ai fait. J'ai 16 ans.

J'étais crispée tout le long de l'interview, et je me battais pour rester concentrée et attentive aux questions du présentateur.

Je n'ai jamais été une personne influençable. Mais ce jour-là, j'étais bien trop stressée pour maîtriser pleinement mes pensées. Je me souviens qu'on m'avait demandé dans les coulisses de dire mot pour mot ce que j'ai ensuite bêtement répété sur le plateau :

« Je m'excuse un petit peu pour les personnes que j'ai pu blesser qui pratiquaient leur religion en paix. »

Je pense qu'il est important de rétablir la vérité sur cette phrase qui a suscité tant de commentaires par la suite. J'étais désespérée à ce moment précis. Je croyais que dire ça, comme on me l'avait conseillé, apaiserait la situation.

Avec du recul, je ne pense pas un traître mot de cette déclaration. Et je sais que je n'ai pas d'excuses à formuler. Je devrais me sentir libre de faire usage de ma liberté d'expression dans le respect de la loi sans avoir peur de la violence des jeunes radicaux.

Je ne m'excuse donc pas. Et je ne m'excuserai jamais.

Le soir même, nous avons repris la route.

Mes proches étaient apaisés autour de moi. J'ai préféré leur faire croire que je l'étais aussi pour ne pas les inquiéter. Je savais au fond de moi que nous n'étions encore qu'au début d'une longue et effroyable histoire.

Comme je l'appréhendais, la vidéo en rediffusion de l'émission a rapidement fait beaucoup de bruit pour tourner à mon désavantage, entre les moqueries et montages sur ma tête, et les personnes haineuses qui avaient toujours leur mot à dire.

La vidéo a fait plus de 12 millions de vues sur Twitter.

Et les polémiques ont redoublé.

Tu mérites tout ce qui t'arrive

J'ai fermé mes réseaux sociaux. J'avais beaucoup de mal à affronter cet acharnement. Savoir que parmi mes abonnés, la plupart me haïssaient et voulaient me voir mourir. J'allais être condamnée pendant les prochains mois à vivre cachée et protégée par les forces de l'ordre.

J'étais déçue.

Pire : j'avais l'impression d'être punie. Et c'était le cas. J'ai dû changer de lycée car j'avais manqué de respect à un personnage fictif, alors que les fanatiques et leurs courtisans continuaient à vivre dans le plus grand calme, tout en ayant menacé de me décapiter.

Il suffit de ne pas être aveugle pour réaliser à quel point le pays de la liberté d'expression perd toute crédibilité. J'ai aussi le sentiment que les valeurs qui s'attachent à cette société, comme le fameux principe de laïcité, ne sont que poussière pour ma génération.

Sans doute la faute aux enseignements de l'Éducation nationale ?

Je dois avouer que je n'ai rien retenu de mes cours d'éducation morale et civique. Je savais écrire « laïcité » mais pas définir le mot. Et je suis très loin d'être la seule. Je ne savais pas non plus ce qu'étaient le droit au blasphème, ni la liberté d'expression.

Lorsque j'ai posté cette vidéo, je ne me suis pas posé la question de savoir si c'était légal ou non. Pour moi, donner mon avis négatif envers une religion sans m'en prendre directement aux croyants était tout à fait normal, et jamais je n'aurais imaginé que cela engendrerait tant de haine, de malveillance et de débats.

Je me dis parfois que si la fille pas très maligne et ignorante que j'étais pouvait raisonner ainsi, c'est que le problème venait sans doute d'un manque d'éducation, des milliers de jeunes prisonniers de l'endoctrinement et de l'obscurantisme.

Les réseaux sociaux abrutissent ma génération.

Entre les fausses informations qui défilent, les pseudo-influenceurs qui profitent de leur notoriété pour décrédibiliser certaines causes et les noyer sous des vagues de bêtises… Lorsqu'on est un adolescent, ou un jeune adulte, on est plus influençable et manipulable. Tout est amplifié sur Internet, d'une manière telle que la réalité en vient à se confondre avec cet univers virtuel.

Les réseaux sociaux sont également une plateforme qui permet aux personnes mal dans leur peau de se défouler, en chargeant celle ou celui qu'ils désignent comme cible, alors qu'il leur suffirait de ne pas regarder son contenu en ligne.

L'ignorance conduit à la peur.
La peur conduit à la haine.
La haine conduit à la violence.

C'est fou de voir à quel point les gens sont des moutons.

Ma génération est ainsi constituée : des jeunes qui se suivent, qui en suivent d'autres, sans se poser la question de savoir si c'est bien ou juste. Des gens qui ne pensent pas à eux, et qui ne pensent pas par eux-mêmes. À partir du moment où ils défendent une personne, ou une cause, ils ne se font pas un avis véritable sur la question ni ne se renseignent en cherchant de vraies sources. Ils vivent à travers les personnes qu'ils écoutent, des gourous. Manipulés, endoctrinés, ils subissent sans même s'en rendre compte.

Je vois malheureusement tous les jours cette violence se répandre sur les réseaux.

Prenons TikTok pour exemple. C'est une des plateformes sur lesquelles je subis le plus de harcèlement. C'est comme si tous les gamins enragés de ma génération s'agglutinaient sur ce réseau social pour déverser leur frustration. Insulter les femmes transgenres, les hommes efféminés, les handicapés, les gros et toutes les personnes qui ne correspondent pas forcément aux « normes » que nous impose la société, est à la mode. Les jeunes passent un temps fou à regarder les vidéos qui défilent dans les « pour toi » sur cette application. Moi la première ! J'adorais le concept de TikTok, et je passais beaucoup de temps devant des vidéos de maquillage, d'humour, d'animaux, de décorations… C'était bien, à première vue.

Mais la face obscure de la plateforme n'est jamais loin. Sur TikTok, les *haters* sont au pouvoir. Les administrateurs de l'application censurent des vidéos ou des utilisateurs qui n'ont rien de problématique. Par exemple, une fille qui danse en crop-top sur du Lady Gaga se fera bannir du réseau social pour « nudité ou pornographie », après s'être pris une vague d'insultes par d'autres internautes. En revanche, la plateforme ne censure pas les commentaires irrespectueux, haineux, appelant au meurtre et au suicide d'un Tiktokeur. Suite à des signalements en masse de mes *haters*, mon compte a été bloqué temporairement plusieurs fois. Je n'avais rien à me reprocher. Je ne pouvais plus poster de vidéos, mais je voyais toutes celles qui défilaient sur moi, d'adolescents qui réclamaient ma mort, se moquaient de moi en insultant mon physique, mes créations, ma manière d'être. Le pire, c'est que ces vidéos avaient toutes un nombre de vues très important, et ce n'est pas pour rien. TikTok utilise un algorithme, qui va décider de la visibilité de chaque vidéo en fonction d'une analyse faite par une intelligence artificielle qui prend en compte une multitude d'éléments comme le nom du post, les hashtags, la musique utilisée, l'environnement dans lequel elle est filmée, le thème, le langage et les vêtements par exemple.

Une fois que TikTok a analysé le contenu d'une vidéo, il va ensuite la booster auprès d'un échantillon d'utilisateurs, à qui la vidéo est susceptible de plaire. En fonction des statistiques, c'est-à-dire les partages, commentaires, likes et réactions, TikTok lui accordera plus de visibilité. C'est de cette manière que des vidéos banales d'adorables chatons peuvent atteindre des millions de likes et de vues, mais c'est aussi comme ça que des adolescents frustrés et ignares gagnent en notoriété et divulguent n'importe quoi. Les jeunes sont à l'affût de tous les « drama » sur TikTok. Quoi de mieux pour faire du buzz que de s'attaquer à « la fille qui a fait le buzz » ? Sans oublier les internautes qui partagent et repostent ces vidéos pour se donner un peu plus de visibilité. La haine devient influente et virale.

Je ne peux faire part de mon dégoût pour Tik Tok sans parler plus sérieusement de Twitter. La richesse d'Internet et la misère numérique du monde.

Bien que la vidéo qui me coûtera probablement la vie un jour ait été diffusée pour la première fois par moi-même sur Instagram, elle n'aurait certainement pas pris une telle ampleur sans Twitter.

Ce réseau social sur lequel les gens de toutes tranches d'âge, pays et communautés peuvent parler d'actualité plus ou moins importante, comme la politique, les combats féministes, les « violences policières » ou la nouvelle couleur blonde de Billie Eilish. On peut discuter de tout et de rien sur Twitter, et on peut être qui on veut. Certains vont être discrets, voire anonymes. D'autres sont prêts à tout pour un peu de buzz. Il y a aussi ceux qui ne sont là que pour insulter. Twitter ne m'avait jamais intéressée auparavant. Je me suis sentie obligée de me créer un compte sur la plateforme le soir du 18 janvier 2020, pour surveiller les publications à mon sujet.

La première personne à avoir posté ma vidéo sur

Twitter était une jeune fille de mon lycée. Elle avait peu d'abonnés, mais sa vidéo a très rapidement pris une ampleur catastrophique. Tandis que des milliers d'autres comptes relayaient la vidéo, ma mère et moi avons passé la nuit entière à scruter son profil et à prendre en capture d'écran les menaces de mort m'étant destinées en commentaire, en plus de celles que je recevais déjà personnellement.

C'est ainsi que j'ai rencontré Twitter.

Un an que je me fais majoritairement harceler, menacer et lyncher sur cette plateforme, et que les modérateurs ne suspendent pas les comptes de mes détracteurs, malgré les signalements de mes abonnés fidèles, et qu'ils se montrent parfois réticents à coopérer avec la section de recherche de Grenoble lorsqu'il s'agit de retrouver l'identité de mes agresseurs pour les attaquer en justice.

En revanche, supprimer mon compte Twitter de plus de 20 000 abonnés, un soir de 14 mars 2021, suite à un « raid numérique » organisé et lancé contre moi par mes *haters* sans aucune motivation particulière, est un jeu d'enfant pour eux. Même quand les vagues de haine paraissent moins fortes, elles demeurent. Je peux m'absenter d'Internet pendant des mois, mes détracteurs ne m'oublient pas. Ceux qui me disent que je n'ai qu'à disparaître des réseaux et me cacher sont les mêmes qui me chercheront continuellement où que je sois. Ceux qui se languissent de mes silences sont également ceux qui crient à l'« islamophobie » quand je pointe le doigt sur leur secte.

Le harcèlement est un des principaux fonds de commerce de Twitter.

Tu provoques
puis tu fais la victime sale merde

Chaque jour, nous nous rendons à la gendarmerie pour porter plainte concernant les mêmes faits, les mêmes délits commis par des milliers de personnes qui ont toutes en commun la haine.

Les gens sont en embuscade. Un tout et un rien peuvent prendre de l'ampleur. Il arrive qu'une nouvelle ne me concernant même pas puisse tourner au drame.

On m'a ainsi comparée à Freeze Corleone, qui a ouvertement dit n'avoir « rien à foutre » du génocide des Juifs dans son nouvel album.

« J'arrive déterminé comme Adolf Hitler »
« Tous les jours rien à foutre de la Shoah »

Le peuple des ignares s'est indigné en apprenant que le rappeur était lâché par son label et attaqué en justice pour ses paroles antisémites et n'a pas trouvé mieux, pour déverser son immense ressentiment, que de s'en prendre à moi directement.

« Quand un rappeur parle des Juifs dans une chanson il est censuré mais quand une grosse pute islamophobe insulte les musulmans c'est de la liberté d'expression »

« Liberté d'expression quand ça vous arrange »

Et même scandale quand le rappeur français Koba LaD a félicité sur Snapchat un père ayant égorgé son fils de 17 ans parce qu'il était homosexuel.

« Bien joué ! »

Attaqué pour ses propos criminels, il rétorque :

« Bon je vois que ça commence à faire polémique, je suis pas homophobe je vois pas pourquoi vous vous excitez les pédales. »

L'artiste s'est heureusement vu déprogrammé de nombreux festivals les jours suivants et suspendu temporairement de ses réseaux sociaux. Koba LaD a fini par revenir sur ses propos, affirmant que le commentaire « Bien joué ! » n'était pas volontaire, et fait une vidéo où il récusait son homophobie.

Cette mentalité n'est pas nouvelle, mais c'est toujours glaçant de voir que les gens de ma génération sont encore si nombreux à penser comme ça.

Trop nombreux à se tromper de combat, à développer sans relâche un courant de pensée détestable.

Aujourd'hui, on n'a plus le droit de moquer, de critiquer ou d'insulter les religions, même quand elles sont intolérantes, sexistes et homophobes.

On est « raciste » quand on critique l'islam.

Oui, vous avez très bien lu. L'insulte à une religion serait du racisme. Eh bien non.

Une jeune fille de 16 ans mérite d'être harcelée et torturée parce qu'elle se moque d'une entité qui n'existe pas, mais un rappeur connu sera majoritairement soutenu pour s'être réjoui de l'égorgement d'un adolescent homosexuel. Telle serait la nouvelle définition de la liberté d'expression selon la jeunesse française.

On est dans une génération qui prétend être ouverte d'esprit, et dit vouloir briser les tabous alors qu'elle ne fait qu'en créer de nouveaux à travers des idées sans fondement, qui se sont répandues comme une pandémie.

Nous voilà dans une dictature de la pensée renforcée par des adolescents.

Quand on n'est pas attiré physiquement par une personne en surpoids ou obèse, on est « grossophobe ». Quand on veut perdre du poids pour se sentir mieux ou si on veut expliquer que l'obésité est une maladie et qu'il faut arrêter d'en faire l'apologie, on l'est tout autant.

Ne pas vouloir coucher avec une personne transgenre, c'est être « transphobe ». Expliquer aux jeunes se revendiquant « non-binaires » que les pronoms « ael » et « iel » n'existent pas et refuser d'utiliser l'écriture inclusive, c'est être « enbyphobe ».

On est « psychophobe » quand on fait remarquer à une personne qu'elle est dérangée ou désagréable.

« Putophobe » représente les personnes qui ne cautionnent pas la prostitution. Car oui, une partie des pseudo-féministes pro-LGBT, islam, ACAB, « Black Lives Matter » et « Men are Trash » qui aiment crier sur tous les toits qu'elles haïssent plus que tout au monde les « hommes cisgenres, blancs, hétérosexuels » soutiennent ouvertement la prostitution et encouragent les travailleuses du sexe à ne pas s'arrêter plutôt que de chercher à gagner leur vie autrement.

Avec tout ce courant de pensée qui défile dans nos fils d'actualités en ligne, on ne peut que s'attendre au pire si on parle de l'impact que peuvent avoir ces influenceuses rebelles sur les plus jeunes.

Aujourd'hui, je vois tous les jours sur les réseaux sociaux des personnes mineures (en majorité des jeunes filles) vendre leur corps sur Internet. Depuis plus d'un an, on parle beaucoup de deux réseaux sociaux américains qui publient du contenu privé sur tel ou tel profil, auquel on ne peut accéder qu'en payant un abonnement plus ou moins cher. Ces plateformes s'appellent MYM et OnlyFans. La première fois que j'en ai entendu parler, c'était un de mes abonnés sur Instagram qui m'avait demandé si je comptais ouvrir un compte MYM pour y montrer mes parties intimes.

Ne sachant pas ce que c'était, je lui ai demandé des explications. Une fois informée, je lui ai tout de suite répondu que je ne ferais jamais ça.

Puis on me l'a demandé encore et encore, et j'ai commencé à voir petit à petit que des influenceuses que je suivais, ou des connaissances à moi (dont des mineures) créaient des comptes.

Des jeunes filles de mon âge gagnent leur vie en vendant des photos et des vidéos pornographiques d'elles-mêmes. Et je suis effrayée de savoir que la grande majorité de cette clientèle sont des hommes qui ont l'âge d'être leur père.

On va te harceler jusqu'à ta mort

Il y a divers fanatismes qui imprègnent la jeunesse française, qu'ils soient religieux ou sectaires. Chez les LGBT, beaucoup se définissent comme LGBT avant d'être humains. Tandis que moi, j'ai l'impression d'être de la minorité qui se moque de faire partie d'une communauté et n'a pas besoin de revendiquer son homosexualité. Je trouve ça incohérent de dire vouloir intégrer et normaliser des minorités tout en catégorisant les gens à longueur de temps.

Nous savons tous que l'adolescence est un passage de la vie dans lequel on se cherche et on se construit.

En revanche, je doute que les générations qui nous ont précédés aient été à ce point centrées sur leur identité.

Nous sommes une génération de repli identitaire. Si ça ne vous fait pas peur, moi ça m'effraie. Grandir dans un environnement peuplé de divers fanatiques qui préfèrent amplement participer à cette dictature de la pensée, et changer de pronoms toutes les semaines plutôt que de savoir vivre en société et se soucier de leur avenir.

C'est bien beau de dénoncer la bêtise des jeunes qui se droguent, qui harcèlent et qui se mettent en danger, alors que vos enfants en font peut-être partie. Je suis dépassée.

Sale raciste, on va te violer

Au nom de l'appropriation culturelle, on arrive à des absurdités. Un jour, j'ai posté une photo d'une femme blanche avec des tresses africaines, j'ai dit que je voulais faire pareil, et je me suis fait insulter pour appropriation culturelle. Une autre fois, j'ai posté une vidéo d'une femme noire en disant « Elle est magnifique » et des gens m'ont dit « Tu n'as pas le droit de poster une photo d'une femme noire ».

Les jeunes défendent certaines causes, en masse, mais pas d'autres. Par exemple, on ne parle pas assez du racisme touchant les Asiatiques. Les mêmes qui me traitent de raciste s'en prennent à plusieurs à un homme asiatique dans une rue de Lyon, en le suivant pour le bousculer violemment à plusieurs reprises avant de s'écarter en hurlant devant les passants pour l'humilier. Cette scène est réelle, c'est une fille de Lyon (qui avait d'ailleurs énormément contribué à mon harcèlement) qui a filmé cette agression commise par elle-même et ses amis.

Ça m'attriste de me dire que rien ni personne ne pourra rendre justice à cet homme.

« Sale Chinois, ne me touche pas, t'as le Covid »

Aujourd'hui, ceux qui ne sont pas blancs sont qualifiés ou se qualifient eux-mêmes de « personnes racisées ».

Ce terme me met mal à l'aise. Le mot « racisé » désigne une personne victime de racialisation, c'est-à-dire assignée à une race en raison de la couleur de sa peau.

Le comble, c'est que ce sont souvent les militants Black Lives Matter qui vont utiliser ce terme.

Jouer les justiciers et prôner l'égalité pour tous en se mettant à l'écart, c'est tout simplement se tromper de combat.

Je fais partie d'une génération qui adore cibler une proie sur laquelle elle va pouvoir se déchaîner.

Il se trouve que je suis ce souffre-douleur depuis plus d'un an.

C'est une mécanique d'attraction et de répulsion. Certains continuent à me suivre, à guetter le moindre de mes mouvements, c'est une obsession, un engrenage de haine. Je sais pertinemment que cette affaire leur a donné à penser qu'ils ne risquent rien à s'en prendre à une fille comme moi. Impuissante, jeune et maladroite.

Je suis la personne qu'ils adorent détester.

T'es islamophobe, tu mérites pas de vivre

L'humain a besoin de reconnaissance, qu'elle soit fondée sur son physique, son idéologie, ses opinions ou bien ses créations. Nous sommes tous plus ou moins comme ça.

Ce qui me désespère en revanche, c'est de voir qu'au XXIe siècle, une si grande partie de la population française n'est pas capable de comprendre qu'il est trop facile de se dire « opprimé » parce qu'on fait partie d'une minorité. Attiser la pitié et l'empathie pour imposer ses idées, c'est une manière d'avoir de la reconnaissance. Dans le cas d'une religion, c'est une forme de prosélytisme. Prenons l'exemple de la récupération du féminisme par les islamistes sur la question du voile.

« Tu n'es pas féministe. Si tu étais féministe, tu soutiendrais les femmes voilées. Le féminisme inclut toutes les femmes sans exception. »

On va appeler Alexia la personne qui a prononcé ces paroles. Alexia a un *split-hair* bleu et noir, des tatouages sur les avant-bras, un style atypique et très beau, je trouve, un piercing à la langue. Elle aime fumer des joints et se filmer avec pour avoir l'air d'une rebelle. Elle vient de se faire virer du McDo dans lequel elle travaillait mais elle préfère dire qu'elle a démissionné parce que son ex-patron serait un homme « cis – hétéro – blanc – patriarcal » et qu'il serait donc « problématique ».

Alexia soutient de tout son cœur la communauté LGBTQIA+ puisqu'elle en fait elle-même partie.

Elle se dit *genderfluid*, expliquant que son genre fluctue et que malgré son apparence due à ses artifices très féminins, elle se sent parfois « homme ».

Elle a donc décidé que son pronom serait désormais « iel » et elle pense que les gens la trouvent intéressante pour cela.

Si vous contredisez Alexia, celle-ci n'hésitera pas à vous attaquer. Elle milite contre la « grossophobie » mais elle aime bien participer au *body shaming* d'autres femmes qu'elle jalouse.

Elle déteste par-dessus tout les hommes mais le fait qu'ils puissent jouir sur ses photos (payantes) sur OnlyFans ne semble pas la déranger.

Quand on lui demande pourquoi elle crie ACAB, elle tend son téléphone en montrant sous nos yeux des vidéos de violences policières.

Elle fait l'aveugle quand il s'agit de s'informer sur les violences faites aussi à la police.

Bref. Vous avez compris que le personnage d'Alexia sort tout droit de mon imagination. Elle est pourtant le parfait stéréotype de toutes celles qui se trompent de combat.

J'aimerais m'adresser directement à toi, chère Alexia, avec quelques révélations lues dans un livre sacré.

Sourate 4.56 : Certes, ceux qui ne croient pas à nos versets (le Coran), nous les brûlerons bientôt dans le feu. Chaque fois que leurs peaux auront été consumées, nous leur donnerons d'autres peaux en échange afin qu'ils goûtent au châtiment. Allah est certes puissant et sage !

Sourate 4.34 : Les hommes ont autorité sur les femmes, en raison des faveurs qu'Allah accorde à ceux-là sur celles-ci, et aussi à cause des dépenses qu'ils font de leurs biens. Les femmes vertueuses sont obéissantes (à leurs maris), et protègent ce qui doit être protégé, pendant l'absence de leurs époux, avec la protection d'Allah. Et quant à celles dont vous craignez la désobéissance, exhortez-les, éloignez-vous d'elles dans leurs lits et frappez-les. Si elles arrivent à vous obéir, alors ne cherchez plus de voie contre elles, car Allah est certes Haut et Grand.

Alexia, pauvre Alexia… J'aimerais que tu mettes à jour ta définition du féminisme, et je voudrais que tu me regardes dans les yeux et que tu me dises encore une fois, après avoir lu ces quelques lignes, ce que tu penses.

« Ce n'est qu'un livre, il n'est pas forcément représentatif de l'islam. Et puis il y a tant d'autres sourates. »

Cet argument me fait doucement rire. Ne me disais-tu pas qu'insulter le Coran, c'était insulter tous les musulmans ? Alors qu'est-ce qui pousse ces femmes à se soumettre à leurs familles ou leurs maris au point qu'elles se sentent obligées de porter le voile ? Sans oublier que sans la loi française qui en interdit le port dans les lieux publics, il y aurait sans doute beaucoup plus de burqas.

« Elles portent le voile car c'est leur choix. »

Si elles étaient vraiment libres de choisir de le porter, alors elles le seraient tout autant de le retirer un jour, si elles le souhaitent.

Parce qu'elles ont été élevées dans une crainte éternelle de l'enfer, des hommes, de leur famille, de la mauvaise réputation, ces femmes sont soumises.

La soumission des femmes aux hommes ou à une loi divine patriarcale n'est pas du féminisme.

Alors oui, le féminisme inclut tout le monde, mais il ne tolère pas n'importe quels comportements.

Alexia, tu n'es pas féministe.

Si tu étais féministe, tu ne cautionnerais pas ça.

Si tu étais féministe, on dirait de toi que tu es « islamophobe ».

Si tu n'étais pas protégée, tu serais morte depuis longtemps

Parfois, on me demande ce qu'est une religion pour moi. Et ma réponse sera toujours la même : « Une religion, c'est une secte qui a réussi. »

Pour ce qui est de l'influence croissante de l'islam en France, l'« oppression » dont certains de nos concitoyens musulmans nous font part est la manière la plus « douce » qu'ils puissent utiliser pour faire régner la peur dans la société.

Mais comment les musulmans peuvent-ils se dire ou se sentir opprimés en France ? On est ici libre de croire et de ne pas croire. On peut se rendre dans un lieu de culte pour pratiquer sa religion.

Charlie Hebdo est un journal hebdomadaire satirique français fondé en 1970, principalement connu pour ses illustrations osées, ses caricatures de personnages politiques, de personnalités, de Mahomet, de… Attendez… !

PARDON !?

J'ai le regret de vous dire que de nombreux musulmans se sont sentis « offensés » pour quelques caricatures de leur prophète mort depuis plus d'un millénaire. Et bien sûr, la meilleure manière d'exprimer ce désaccord fut, pour certains, de menacer de mort les responsables du journal, pour ensuite, un matin de janvier 2015, mettre ces menaces à exécution. Des musulmans français radicaux, aujourd'hui encore, voient cet acte terroriste comme une victoire de leur communauté.

Ce que les islamistes considèrent comme une oppression est un ensemble d'obstacles – et heureusement qu'ils sont là – à leur expansion.

Toutes les personnes qui se sont opposées à l'islam radical jusqu'à maintenant et encore à l'avenir, qui l'ont critiqué ou qui ont tout simplement dit la vérité, sont sous protection policière. Et ceux qui n'ont pas eu la chance de l'être sont morts, comme Samuel Paty, professeur d'histoire-géographie et d'éducation morale et civique.

Vendredi 16 octobre, je rentrais chez moi et j'avais le sourire, je ne sais même plus pourquoi. Ma mère regardait la télé dans la cuisine, les larmes aux yeux. Je lui ai demandé ce qu'il se passait, puis j'ai moi-même regardé les infos. Les images défilaient en boucle, et les discours des journalistes s'enchaînaient. Mes pensées se sont figées, j'étais sous le choc.

J'ai pleuré toute la soirée.

Demain, la tête gisante qu'on trouvera sur le sol pourrait être celle de vos enfants, vos amis, votre mère ou votre frère. Un seul « faux pas » et votre visage peut être défiguré à l'acide. Vous devrez peut-être déscolariser votre enfant du jour au lendemain.

C'est tellement facile de se plaindre les bras croisés.

Je me sens impuissante, et je ne peux que me demander combien il faudra de victimes de ces horreurs pour que vous réagissiez enfin.

Je t'aime avec la passion du poète,
Et la raison du philosophe

Je n'ai jamais pu dire adieu à Mila, la jeune fille radieuse et insouciante. Parler de moi à la troisième personne peut vous paraître stupide, mais ça a plus de sens que vous ne le pensez.

Elle et moi avons grandi dans le même corps, puis nous avons été brutalement séparées.

Je n'ai pas changé. Je fais de mon mieux et tente encore de me reconstruire, loin des médias, des milliers de regards mauvais ou bienveillants des personnes qui défilent dans ma vie.

On me collera toujours cette étiquette, et je suis condamnée à faire avec, et donc à l'impossibilité de créer des liens facilement avec les autres, et même avec ceux qui viendront à moi. Parce que je suis capable de deviner les arrière-pensées et les émotions dissimulées dans les mots, la voix, mais surtout dans le regard. Je pense avoir cette capacité.

Mes souvenirs s'estompent au fil du temps et ceux qui me restent me rendent nostalgique. Aujourd'hui, j'ai mal à mon cœur.

Je sens encore ses mains autour de ma taille, ses baisers par lesquels j'aimais me confesser. La passion et le désir dans son regard. Il me rendait nerveuse et je détestais ça, parce que je parlais trop et je lui disais n'importe quoi. Le sexe, les disputes, ses mots d'amour pour apaiser mes caprices.

Né d'une famille franco-algérienne musulmane et très pratiquante, il a grandi, et vécu sa transidentité entre l'amour et l'intolérance de sa famille.

C'est un jeune homme transgenre, il a plus de 20 ans et je sais qu'il est fatigué. C'est la personne la plus indécise que j'aie pu connaître. Il se cherche en se comparant à d'autres hommes car le monde qui l'entoure lui crève les yeux.

La première fois que je l'ai rencontré, je l'ai trouvé confiant et prétentieux. Il a toutes les raisons de l'être.

Mais au lieu de ça, il se déteste et s'en veut de ne pas ressembler à tous ces hommes autour de lui qu'il idéalise tellement. Il essaie de s'aimer un peu plus au travers de l'affection que d'autres peuvent lui apporter.

Quand je lui parlais, je ressentais dans ses silences tout le poids des questions qu'il se posait.

Il a été éduqué dans l'islam. Une enfance paisible qui s'est assombrie lentement lors de son adolescence. Il s'est extrait de cette éducation lorsqu'il a accepté qu'il n'était pas une femme, et qu'il ne pourrait pas être éternellement à la hauteur des attentes des autres. Il a toujours aimé les femmes, mais dans la plus grande discrétion, afin de ne pas éveiller les soupçons de ses parents. Mais ceux-ci ont fini par s'en rendre compte.

Autour de ses 18 ans, il s'est confié pour la première fois à sa mère. Il lui a tout avoué. Il a vu l'incompréhension et le déni dans ses yeux, il a compris que rien ne serait plus pareil.

Après de longues années de peur et de tourmente, il trouve enfin la force de débuter sa transition.

Aujourd'hui, il est hormoné, par injections de testostérone, depuis près de deux ans. C'est un homme magnifique, et il ne cessera jamais de devenir meilleur au fil du temps. Ses parents le soutiennent financièrement et l'encouragent dans ses études.

Mais ils restent opposés à cette transition, braqués, morts de honte.

« Je ne pense pas que l'islam soit plus important que moi aux yeux de ma mère. Elle veut juste me protéger. Ce qui lui importe le plus, c'est ma vie après la mort,

qui est pour elle une vie éternelle. Elle se soucie plus de me voir en enfer que de me savoir heureux dans cette vie-là. »

Interdiction de laisser pousser sa barbe lorsqu'il est avec sa famille. Ses frères et sœurs ne sauraient pas comment l'expliquer à leurs enfants. Il reste la fille, la tante et la petite sœur.

L'impression d'être un imposteur. Être trans, c'est douloureux. La dysphorie de genre ne s'installe pas mais elle naît et grandit avec ceux qui la connaissent. C'est comme une vieille amie qu'il est difficile de contrarier, et il faut se battre pour s'en éloigner un peu chaque jour, afin de ne pas se laisser consumer.

« *Je me suis longtemps demandé si j'avais le droit de faire quelque chose pour changer. J'en suis finalement venu à me dire que oui. Parce que si Dieu existe, alors il m'a créé comme ça. Et s'il est omniscient et qu'il sait la destinée des hommes, c'est qu'il avait prédestiné ça pour moi.*

Si je n'avais pas changé, d'une certaine manière je serais mort. Je ne sais pas si je me serais suicidé, mais je serais sûrement mort intellectuellement, et je n'aurais pas pu avoir une bonne influence sur les gens autour de moi, parce que j'allais mal. Je pense que je suis meilleur et que je suis davantage capable de faire le bien autour de moi en faisant ma transition, plutôt qu'en m'abandonnant et en étant une plaie pour les autres car je n'arriverais pas à supporter ma propre existence. »

Moi, je ne crois pas au destin. Rien n'est écrit nulle part. Et je pense que si Dieu existe, s'il est aussi puissant qu'on le raconte, il sait se faire entendre tout seul.

Sourate 30.30 : Dirige tout ton être vers la religion exclusivement (pour Allah), telle est la nature qu'Allah a originellement donnée aux hommes – pas de changement à la création d'Allah. Voilà la religion de droiture ; mais la plupart des gens ne le savent pas.

Il a toujours ressenti profondément qu'il y avait une force supérieure, mais ne pense pas qu'elle s'inscrive dans sa religion.

Un monde absurde fait de hasard et d'atomes lui semble improbable.

Il se considère comme un ex-musulman, mais il reste un croyant.

« Je sais que mes croyances ne s'inscrivent pas dans la religion musulmane, ça c'est clair. Il y a beaucoup trop de violences et d'inégalités dans l'islam, qui sont

finalement humaines. Pour moi, quelque chose qui serait vraiment de l'ordre du divin et transcendant, c'est tout ce qui peut avoir trait à l'amour. »

Je sais qu'il veut que personne ne sache tout de lui. Je ne sais pas tout de lui.

Il est très réservé et ça a rendu notre relation compliquée.

Mon amour,

On s'est connus sur Instagram. Au mois d'août 2020, tu m'envoyais un message de soutien, tu avais suivi mon affaire et tu m'as dit que tu me trouvais courageuse. Je ne t'ai répondu qu'un mois plus tard pour te remercier. Plusieurs fois lors des semaines qui ont suivi, tu m'as envoyé des messages, avec toujours un prétexte pour me parler. Ça me faisait plaisir, alors je discutais de bon cœur avec toi.

Tu sortais depuis près d'un an avec une fille, et je sais que tu te reprochais l'ambiguïté de la relation que nous étions en train de tisser. J'étais moi-même mal à l'aise, mais la tentation n'avait jamais été aussi forte.

13 septembre 2020, à 16 h 30, j'ai reçu un appel, ton nom s'est affiché sur mon téléphone, ce qui m'a beaucoup surprise puisque tu ne m'avais encore jamais appelée.

J'ai décroché sans hésiter.

— Allô ?

— Je prends le premier train pour te voir, on se retrouve à 19 heures.

J'étais très malade, avec un gros rhume et de la fièvre. Je n'avais aucun moyen de me rendre à cette gare. Je t'avais dit que j'y habitais parce que c'était trop risqué de te donner mon adresse alors que je ne te connaissais pas vraiment. Je me trouvais à environ 30 kilomètres de la ville. Mes parents n'étaient pas là, personne ne pouvait m'emmener et aucun bus ne pouvait m'y conduire ou même m'en rapprocher. Mais j'étais déjà incapable de te dire « non » avant même de t'avoir rencontré.

Je suis une des personnes les plus menacées de France malgré mon jeune âge. Marcher le long de la départementale pendant de longues heures pour te retrouver était impensable.

Je l'ai fait.

Et je n'avais ni mouchoirs, ni eau, ni argent. Mes chaussures me faisaient mal. J'étais partie avec mes cigarettes et mon téléphone. Ma raison me criait de faire demi-tour, de ne pas perdre mon temps et me mettre en danger pour une amourette que j'oublierais sûrement au bout de deux semaines. J'ai eu envie de casser les codes pour la première fois depuis longtemps.

Plus je me rapprochais de toi, plus fort mon cœur battait.

Alors que je marchais et qu'il me restait encore bien du chemin à faire, une voiture s'est arrêtée. Un jeune couple de musulmans à peine plus âgé que moi m'a fait monter dans la voiture. Il y avait un petit garçon à l'arrière avec moi. Ils se rendaient aussi dans cette ville pour manger chez Subway. J'ai lancé la conversation. Ils connaissaient mon affaire et ils m'avaient d'ailleurs reconnue.

Ils m'ont fait part de leur désaccord avec mes prises de position. Ils m'ont dit qu'ils avaient été agacés par mes propos, mais que jamais ils ne se permettraient de me faire violence, en insistant bien sur le fait que « l'islam est une religion d'amour et de paix ». Je ne leur ai pas dit qu'en réalité, l'islam devient ce que les hommes en font. Et c'est vrai de toutes les religions.

Je les ai remerciés, j'ai traversé la ville en courant. Je suis arrivée sur les quais au même moment que ton train.

Et tu es apparu, un sourire au coin des lèvres. Il commençait à faire nuit, et j'ai plongé dans ton regard comme si l'obscurité voulait nous envahir pour m'empêcher de te contempler. Tu m'as prise dans tes bras sans que je m'y attende. Tu avais déjà cette manière de me saluer, cette douceur dans ta gestuelle et ton âme.

J'étais nerveuse, tu étais la seule personne qui pouvait m'intimider comme ça.

On s'est embrassés, après avoir longuement parlé dans la pénombre du parc.

On s'est promenés, on a bu un verre. Tu me fixais avec une folle insistance. J'aimais cette manie que tu avais de chercher mon regard, de vouloir sentir ma peau contre la tienne.

Je devenais dépendante et j'avais l'impression de vivre dans un rêve.

20 septembre 2020. On a mangé au restaurant, et j'ai eu droit à une nuit magnifique. J'étais malade d'amour. Mais je préférais voir ça comme une sorte de mutation, car je ne pensais plus être capable d'aimer si fort.

Mon utopie n'a pas duré. Enfin, je dirais plutôt qu'elle a évolué. Ta petite amie a su pour cette nuit, et je suis passée du sourire aux larmes quand tu m'as appelée, effondré, pour m'expliquer qu'elle avait voulu se tuer tandis qu'on s'enlaçait.

Tu m'as abandonnée pour la première fois.

Mais te savoir dans une telle souffrance me mettait hors de moi. Pardonne-moi pour tous ces appels, ces messages trop nombreux que je te laissais parce que l'inquiétude et le manque me dévoraient.

J'allais mal, je cherchais n'importe quel prétexte pour t'adresser la parole, mais tu restais de marbre. J'ai tourné en rond pendant plus d'un mois, puis j'ai rencontré quelqu'un d'autre. Il a fallu que tu réapparaisses au moment où je commençais à m'épanouir dans ce couple. Et je t'ai laissé revenir.

Je pouvais tout abandonner pour toi. Et je savais que tu m'aimais profondément, bien avant que tu ne poses des mots sur tes maux.

Le soir du 14 novembre 2020, je postais des vidéos d'humour sur TikTok, qui ne contenaient aucune provocation. L'algorithme m'a donné plus de visibilité que d'habitude, et les commentaires haineux se sont enchaînés sous ma vidéo.

Ce lynchage était purement gratuit, et je n'ai pu me retenir de faire une courte vidéo pour me défendre, dans laquelle j'ai très clairement dit que mon doigt n'était toujours pas sorti du trou du cul d'Allah. Je ripostais par la provocation. C'était, je crois, ma manière de leur dire – à ce moment-là, et je n'en ai pas trouvé de meilleure – qu'ils ne me feraient pas plier, malgré la peur et l'horreur. J'ai perdu beaucoup mais pas mon intégrité.

On connaît tous la suite. La sauvagerie numérique, les menaces de mort par milliers. On me menace de me « faire une Samuel Paty », on me promet le pire.

Je t'ai appelé ce soir-là. Je t'ai dit que je voulais mourir et tu m'as demandé de te laisser tranquille. J'ai pleuré toute la nuit, et tu es encore revenu quelques jours plus tard comme s'il ne s'était rien passé.

Tu as toujours fait de moi ce que tu voulais.

Tu es sensible et réservé, mais tu es puissant et audacieux.

Oui, j'ai mal à mon cœur. Parce qu'on s'aimait comme dans un conte de fées, avant cette triste fin. Parce que depuis des mois, j'ai l'impression de me noyer dans les nombreux films que je me fais de toi.

J'ai envie de te dire que tu es merveilleux, et que tout ira bien parce que je crois en toi plus qu'en n'importe qui. Et s'il le fallait, je parcourrais les plus longues distances à pied pour te rejoindre.

Je pourrais demain ignorer le reste de ma vie, jamais je ne veux oublier le « nous » qui m'a tirée d'un long coma. Je me sentais belle dans tes yeux, la sensation de n'avoir vécu que pour te rencontrer.

Et si ça n'avait pas été toi, ça n'aurait été personne d'autre.

Tu m'as rendue heureuse et meilleure, mais j'ai aussi passé des nuits à pleurer, et c'est ainsi que tu es devenu la plus belle partie de moi.

Parce que tu m'as offert toutes ces émotions que je pensais ne jamais plus ressentir, maintenant je me sens vivante.

Sans toi, je ne serais plus là.

Tu m'as sauvée.

Je ne dis jamais adieu.

Au tout début de l'affaire, je devais absolument me rendre quelque part et mes grands-parents m'y ont conduite en voiture. Pour m'exfiltrer de mon domicile sans que les journalistes présents à proximité ne me voient, j'ai dû m'allonger sur le siège arrière, dissimulée sous une couverture. Ma grand-mère était triste, elle avait l'impression de revivre un épisode de sa vie. Fille de résistants pendant la Seconde Guerre mondiale, les souvenirs remontaient :

« Moi, j'ai dû me cacher de la Gestapo. Aujourd'hui, c'est toi qui dois fuir les islamistes. »

Cette comparaison m'a serré le cœur tout en me donnant du courage. J'éprouve une certaine fierté à mener un tel combat. Même si j'ai vu ma vie partir en miettes.

La folie n'a cessé de croître. Beaucoup de personnes

que j'appréciais m'ont rapidement tourné le dos. Mes amis proches, eux, me demandaient régulièrement des nouvelles, et restaient très présents (de manière virtuelle). Personne ne pouvait se rendre là où j'étais, pour des raisons de sécurité. C'était considéré comme « trop dangereux ». Seul mon meilleur ami est venu plusieurs fois me rendre visite. C'était l'unique personne que je voyais, à part mes parents et les gendarmes. Quand il poussait la porte, j'étais heureuse. Je redevenais normale. Je voyais un ami, un être humain de mon âge, en chair et en os. Soudain, je n'étais plus seule, assignée à résidence.

Après un long mois de déscolarisation, le ministère de l'Éducation nationale a finalement trouvé un lycée dans lequel je pourrais étudier. Il s'agissait d'un internat militaire. Plusieurs pistes ont d'abord été explorées par l'Éducation nationale, mais elles se sont toutes révélées sans issue. D'abord, des lycées publics, éloignés de mon domicile, situés dans des zones plutôt « calmes », loin des centres urbains. Ensuite, des établissements privés. Ces lycées n'ont pas souhaité ou pu m'accueillir, en raison des risques qui pesaient sur ma sécurité, et donc sur celle des élèves. Des personnalités politiques (maires de grande ville, préfets, présidents de région) ont même proposé de me trouver un point de chute. Mais aucune solution n'était suffisamment sûre.

« Il faut que tu réalises quelle chance tu as d'être dans ce lycée ! »

« Aucun autre établissement n'acceptera de t'accueillir, donc ne gâche pas cette opportunité ! »

« Tu passeras ton bac en toute sécurité ici. »

Ce sont les paroles que me rabâchait ma famille. En me retrouvant de nouveau au lycée, j'ai eu l'impression dès le premier jour que chaque regard se braquait sur moi de manière insistante, les lycéens ne me rejetaient pas mais ils ne me traitaient pas comme n'importe quelle élève. On m'a raconté qu'avant mon arrivée, le personnel était passé dans toutes les classes sans exception, pour prévenir les élèves. Interdiction formelle de parler de ma présence dans l'établissement à ceux qui n'en font pas partie. Interdiction de me poser des questions ou de faire allusion à mon affaire. En ce qui me concerne, pas de « quartier libre » le mercredi après-midi et le week-end. Pas de réseaux sociaux. À partir de novembre, chambre individuelle pour moi à l'internat, surveillée chaque nuit par un militaire armé qui dormait dans la pièce d'à côté. J'étais la bienvenue dans ma nouvelle prison.

Le vendredi soir et le dimanche soir, mes départs et mes arrivées dans cet internat étaient organisés minutieusement, et se faisaient sous escorte.

Je devais réapprendre à vivre parmi les autres et quelque chose pesait lourdement sur moi. Je me recroquevillais dès qu'une personne venait me parler, malgré sa bienveillance. J'avais besoin d'avoir mes écouteurs le plus souvent possible, parce que ça m'aidait à ne pas ressentir les émotions de toutes les personnes autour de moi. J'essayais parfois d'aller vers les autres. À première vue, ça se passait plutôt bien. En réalité je me suis isolée des autres, et je continue à le faire aujourd'hui. J'ai parfois du mal à supporter qu'une personne vienne à moi, car je me sens facilement agressée. Il m'arrive même d'avoir peur de mes proches. Il suffit qu'un ami ou l'un de mes parents fasse un geste brusque pour que je devienne agressive. Il y a là quelque chose qui relève d'un traumatisme.

C'est dans ce lycée militaire que j'ai parlé de mon viol pour la première fois.

Un jour, j'ai craqué et je me suis remise sur les réseaux sociaux. J'ai posté une photo dénudée de moi (sans que l'on ne voie rien de précis), et j'ai aussitôt été convoquée par la CPE avec le capitaine. Ils m'ont dit que je mettais de l'huile sur le feu, et que je risquais d'être violée. Je n'ai pas aimé cette réflexion, parce que les photos partiellement dénudées que j'aime bien poster de temps en temps n'invitent personne à me faire du mal. Et puis, même quand je suis habillée et que je filme mon visage, je « risque d'être violée ». Alors c'est sorti tout seul :

« Violer ? Je n'ai pas peur. Ça m'est déjà arrivé. »

La CPE m'a encouragée à en parler et à porter plainte. C'est ce que j'ai fait, c'est ce que j'aurais dû faire à 14 ans. J'ai alors découvert qu'il y avait déjà plusieurs plaintes pour viol déposées contre mon agresseur.

J'étais dans ce lycée quand le gouvernement a annoncé que les établissements scolaires fermeraient pendant une période indéterminée à cause de la Covid-19.

Je me suis donc retrouvée de nouveau confinée, enfermée. Mais j'étais rassurée cette fois-ci de savoir que je n'étais pas la seule.

À la fin du premier mois de confinement, j'ai décidé d'ouvrir un nouveau compte Instagram. Je postais chaque jour des vidéos sur lesquelles je chantais, des photos de mes dessins et de mes maquillages. J'avais peu d'abonnés au départ, mais leur nombre s'est mis à augmenter. Et c'est ainsi que le cycle s'est réenclenché. J'ai commencé à recevoir des messages haineux de personnes qui m'avaient reconnue. Comme les abonnés, les menaces se sont multipliées.

Et le pire, c'est que je m'y suis habituée.

Envoyer tous les jours aux enquêteurs les messages que je recevais est devenu mon quotidien.

J'ai appris à faire l'actrice. À sourire à mon entourage, et même sur les réseaux sociaux au travers de mes publications. Je me suis entraînée à paraître indifférente au torrent de haine.

Mais au fond de moi, je sais. Je sais que ce ne sera jamais terminé. Je suis condamnée à subir cette violence jusqu'à la fin de ma vie, et je ne serai jamais préparée à y faire face.

Rien ni personne ne parviendra à me censurer pour de bon. J'aime la bienveillance que me témoigne une grande partie de ma communauté sur Instagram. J'aime toucher le cœur des gens avec ma voix. J'aime les intriguer avec mes maquillages et mes dessins extravagants. Ils apprécient mon humour. J'arrive à me sentir exister grâce à tous ces gens qui me suivent. Je les aime tous, même ceux qui se cachent dans mon ombre pour se battre parce qu'ils ont peur de subir le même sort que moi. Je ne peux pas leur en vouloir.

Oui, il y a du danger sur ces plateformes, et une grande concentration de *haters*. En contrepartie, il y a tous ceux qui me donnent de la force en m'encourageant, et ça je ne veux jamais l'oublier.

Sale pute, je vais t'étrangler sur le Coran

Une fois le premier confinement terminé, j'ai pu vivre quelques mois presque normalement. Je sortais très souvent en ville avec Gaëlle, une fille que j'avais rencontrée, qui est devenue ma petite amie. J'allais dans les bars et en soirée, en étant toujours sur mes gardes. J'étais consciente que le danger était bien plus important pour moi que pour n'importe quelle jeune fille, mais je voulais profiter pleinement de ma vie, en me souciant le moins possible du risque.

En août 2020, je suis partie à Malte, pour un séjour linguistique. J'étais tout excitée de prendre l'avion seule pour la première fois.

J'appréhendais de me séparer de Gaëlle, même si ce n'était que pour deux semaines.

J'ai passé ma première soirée à Malte dans un bar avec un groupe de jeunes. Le courant passait plutôt bien. Quand je leur ai dit que je m'appelais Mila, ils ont immédiatement fait le lien avec « la » Mila. Leurs doutes confirmés, j'ai eu l'impression qu'un malaise s'était installé, ils avaient l'air de moins m'apprécier. En rentrant le soir à l'hôtel, j'ai découvert que je logeais avec une fille un peu plus âgée que moi, Julie. On s'entendait à merveille. Nous sortions ensemble tous les soirs. On buvait, on allait dans des bars, à la plage, à la piscine, dans les boutiques… Je l'appréciais beaucoup. Elle tenait un journal de bord en anglais, dans lequel elle racontait tout son voyage. J'ai décidé de faire de même. Toutes les nuits en rentrant, on se posait dehors sur notre balcon, et on racontait notre journée en anglais.

Il y a peu de temps, j'ai relu ce carnet : le soir où la mer avait emporté d'une grande vague tous mes vêtements ; et où j'ai dû rentrer seule à mon hôtel en maillot de bain. J'ai été agressée sexuellement par deux hommes d'une trentaine d'années, dans une petite rue. Ils ont voulu me toucher la poitrine et les fesses, alors j'en ai frappé un pour m'en sortir.

Un autre jour, je me promenais dans Malte, et j'ai décidé de me faire percer le nez sur un coup de tête chez le premier perceur que j'ai trouvé. Le fameux « anneau de vache », comme l'appellent beaucoup de mes abonnés.

Un soir, alors que nous mangions avec Julie au restaurant de l'hôtel, un garçon qui parlait français, assez grand, la vingtaine, m'a interpelée de manière agressive :

« T'es Mila, la meuf qui a fait polémique ? »

Dans le plus grand calme, avec un sourire narquois, je lui ai répondu : *« Oui, y a-t-il un problème avec ça ? »*

Il m'a rétorqué que oui, et m'a expliqué qu'il avait beaucoup d'abonnés sur Snapchat, et qu'il avait participé à mon harcèlement en partageant mes informations personnelles. Il m'a ensuite regardée méchamment, puis est retourné s'asseoir avec d'autres personnes, tout en marmonnant des insultes.

« … Sale pute, je vais la niquer elle »

Il m'a dévisagée, puis il a ajouté haut et fort :

« Tu es fière de ce que tu as dit ? »

Je me suis levée de ma table, pour m'asseoir à la sienne, juste à côté de lui.

« Très fière même », lui ai-je répondu en le regardant droit dans les yeux.

Alors que je m'éloignais pour regagner ma table et finir mon repas avec Julie qui a été témoin de toute la scène, un torrent de menaces est sorti de sa bouche :

« Sale pute, je vais t'étrangler sur le Coran. Wallah je vais violer ta mère. Je vais balancer sur Instagram le nom de l'hôtel où tu es, ça va te retrouver et te violer dans une cave. Que je ne te revoie pas, sinon je te tue. »

Face à lui, je riais haut et fort, pour montrer qu'il ne m'impressionnait pas. Et c'était le cas, je le trouvais pitoyable. Mais je ne pouvais pas laisser passer ça, et au risque qu'il ne mette ses menaces à exécution, sur les conseils de mes parents, je suis allée informer le staff de la compagnie de voyages, puis la direction de l'hôtel.

J'ai dû tout leur expliquer en anglais, ce qui n'était pas évident. Ça l'a été encore moins quand on m'a conduite au commissariat le soir même. J'ai dû porter plainte en anglais et leur expliquer ce qu'était « l'affaire Mila ». Julie est venue avec moi, et s'est présentée en tant que témoin, un peu contre sa volonté. Elle avait peur d'avoir des problèmes elle aussi.

Nous sommes restées plusieurs heures au poste de police.

Lorsque tout a été terminé, nous avons relu le dépôt de plainte puis quitté les lieux, épuisées.

Le lendemain, alors qu'on part s'acheter à manger avec Julie, une membre du staff me coupe la route et me dit de ne pas sortir. Interloquée, je lui demande pourquoi. Elle m'explique en anglais que c'est trop dangereux pour moi parce que je suis menacée, qu'il faut que je monte dans ma chambre préparer mes affaires afin que l'on me loge ailleurs. J'étais effarée. J'adorais cet hôtel, ma chambre, son emplacement. Et je ne voulais pas être séparée de Julie !

À mon grand désespoir, je suis remontée faire mes bagages.

Un taxi m'a conduite à l'autre bout de l'île, dans une résidence, puis on m'a conduite dans ma… « chambre ». J'ai eu la soudaine impression d'être en prison. Il faisait terriblement froid, la pièce était minuscule et le lit plus petit que moi. Il n'y avait pas de toilettes ni de salle de bains. La fenêtre donnait sur une gaine technique avec des climatiseurs qui faisaient un bruit insupportable. La lumière du jour ne pouvait pas entrer dans la pièce. J'étais terrorisée à l'idée de passer le reste de mes vacances à Malte dans ces conditions. Je me suis alors empressée d'appeler ma mère. Elle a écrit un mail et réclamé qu'on me change de chambre.

Le soir même, j'ai reçu un appel de Julie. Le jeune homme qui m'avait menacée avait été menotté, puis arrêté devant l'hôtel par la police. Il avait été emmené en garde à vue, pour être jugé dans un tribunal d'instance.

Le lendemain, nous avons donc dû nous rendre à

nouveau au poste de police avec Julie. Nous avons évidemment pris un taxi, mais il s'avère que celui-ci ne nous a pas emmenées au bon commissariat, bien que nous lui ayons signalé pendant tout le trajet qu'il se trompait de route. Nous avons dû nous rendre à pied par la suite au tribunal pour assister au jugement.

Alors que nous attendions devant le tribunal, une dame est sortie et nous a expliqué en anglais que le garçon avait avoué les faits, et pris un an de prison avec sursis. Elle nous a aussi dit que si celui-ci tentait d'entrer en contact avec moi d'une quelconque manière, il serait condamné.

Le reste de la semaine s'est écoulé. J'ai rapidement été transférée dans une chambre plus agréable, avec un balcon sur la mer. J'ai rencontré de nouveaux amis maltais et j'ai retrouvé ma joie de vivre.

On va t'égorger comme ça, Mila la pute

Des jours presque paisibles se sont écoulés. Je sortais en ville voir mes amis, j'allais en soirée. Ce n'est que sur les réseaux sociaux que je n'étais pas tranquille.

Il suffisait qu'une personne décide un beau matin de repartager ma vidéo devenue virale en janvier pour que je me prenne une nouvelle vague en pleine figure.

« Venez on remet Mila dans la sauce »

« J'ai retrouvé l'Instagram de Mila, allez l'insulter en balle cette grosse pute »

C'est vrai, je retourne sur les réseaux. On me dit que c'est de la provocation. Que je jette de l'huile sur le feu : mon brasier à venir. Mes proches s'en inquiètent. Ils aimeraient que je me protège, que je reste à l'abri, sans doute silencieuse. Et puis il y a les moins proches, les plus sages paraît-il, à l'Éducation nationale, dans les médias, chez les bons pères de famille, ou ces gens à la volonté si bonne qu'ils en deviennent complices, et là c'est simple : « Tais-toi ! Ne les excite, pas, ces gens. Tu sais bien qu'ils sont dans une autre dimension. Et qu'ils peuvent te blesser, te tuer : c'est un danger pour toi. » Mais moi justement, avec toutes et tous, j'ai envie d'échanger, de rire, de partager mes créations, d'être dans la société de mon temps, sous toutes ses formes, d'être d'accord, ou non, et de ne pas mourir une deuxième fois.

Et puis c'est vrai, je cherche un peu les gens, je les débusque : l'idée que toi qui me menaces, je vais te croiser dans un magasin, sous ton vrai nom, qu'on parlera, qu'on n'aura pas peur, et que tout à coup, être différent sera tout simplement possible.

Il y a eu par exemple cette affaire du petit Gabriel qui, après avoir volé une moto, avait été poursuivi par les forces de l'ordre. Il était ressorti avec le visage tuméfié. Et sur les réseaux, ça devenait : « Regardez ce qui arrive à Gabriel, un gamin de 14 ans se fait frapper par les flics et Mila critique l'islam et on la protège. »

Toutes les semaines, ça remontait. Et les menaces revenaient, plus fortes.

Ma mère, depuis le début de l'affaire, passe un temps fou sur Twitter à guetter ce qui se dit à mon sujet. Elle y consacre toutes ses nuits. Elle essaye de faire rempart. Mais c'est un boulot sans fin de tout enregistrer avec les informations précises sur la date et l'heure du post, le nom du compte et du pseudo, de tout tracer, d'accumuler les preuves, tellement nombreuses.

Il y a trois canaux d'action : le signalement par des internautes qui font preuve de civisme. Ce que nous faisons remonter : les messages privés et publics. Et l'analyse de mon téléphone, qui est régulièrement passé à la moulinette.

Mais les enquêteurs sont face à une grande difficulté : l'opacité et la nébuleuse des GAFAM. Les gendarmes doivent lancer des commissions rogatoires pour savoir qui se cache derrière les comptes. Ils travaillent parfois en lien avec le FBI. Au début de l'affaire, ça prenait du temps. Ils s'impatientaient. Cet automne, un enquêteur m'a dit que, même aux États-Unis, « l'affaire Mila » est connue donc ça va beaucoup plus vite maintenant. Mais de manière générale, les GAFAM se font énormément prier pour communiquer l'identité des personnes qui se cachent derrière leurs pseudos.

L'autre difficulté est l'abondance des menaces. Les enquêteurs sont noyés.

Ils n'attraperont qu'un tout petit échantillon.

L'affaire a été traitée par la gendarmerie locale et par la procureure de Vienne. Puis, c'est Grenoble qui a pris le relais car ils ont une structure cyber de recherche. Depuis novembre 2020, c'est le parquet de Paris qui a été saisi : un pôle spécialisé dans la cybercriminalité et la haine en ligne est opérationnel et sera inauguré avec les procès liés à mon affaire. La vérité, c'est que tout le monde tâtonne. Et qu'on est désemparés face à l'aspect tentaculaire du harcèlement en ligne.

On ne pourra jamais attraper 50 000 personnes ni les juger, même s'il y a plusieurs dizaines d'affaires en cours à ce stade, auprès de plusieurs tribunaux en France. L'objectif est que les nouvelles menaces soient dépaysées vers le parquet de Paris. Il y a eu deux jugements depuis. Celui de Malte et un autre à Auch, dans le Gers. Un homme a été jugé en comparution immédiate après une série de vidéos où il mimait mon égorgement.

« On va t'égorger comme ça, Mila la pute. »

Il a été condamné à trois ans de prison dont dix-huit mois ferme, soit deux fois plus que ce que le parquet avait requis.

Ma satisfaction, c'est de me dire que la justice a pris la mesure de ce qui se passe. C'est un signal,

on ne peut pas dire impunément à une adolescente,
« Je vais venir chez toi, je vais t'arracher les tripes et les faire bouffer par ta mère. »

Dis moi où t'habites, je vais te faire une Samuel Paty

Après l'assassinat de Samuel Paty, je me suis mise à recevoir de nouvelles menaces. Des vidéos, des images de la décapitation de Samuel Paty, dont une avec mon visage incrusté en photomontage. C'était insoutenable. J'ai fait remonter ces images aux enquêteurs, mais je n'avais plus la même force. Lorsque ma mère, qui gère la surveillance des messages publics, me questionne pour savoir quelles nouvelles menaces j'ai reçues par message privé, il m'est arrivé de lui dire que je n'en avais pas reçu de nouvelles. Parfois, je ne peux plus ouvrir ces messages, je ne peux plus les lire, je ne peux plus en parler. Le message reste vicieusement tapi dans un coin d'un circuit électronique de mon téléphone, il ne peut pas encore m'éclabousser de sa haine, il ne peut pas transpercer mon âme.

La force finit toujours par revenir. Et ces messages finissent sur un procès-verbal d'audition.

Le dispositif de protection policière a été renforcé après le 16 octobre 2020.

Nous sommes partis en vacances avec mes parents à la Toussaint. Il a fallu communiquer notre itinéraire, nos haltes, la photo de notre véhicule de location, le numéro de notre plaque d'immatriculation, la photo de nos tenues du jour. Nous avons dû commencer à nous habituer, avec ma famille, à ne plus jamais être seuls, à être suivis, accueillis à tous nos points de chute, toujours avec discrétion et gentillesse, mais avec le sentiment étrange d'être surveillés dans nos mouvements.

Je respecte ce dispositif même si c'est incroyablement difficile à vivre. J'ai l'impression d'être quelqu'un d'autre.

Mila qui vagabonde dans les rues de la ville, qui se laisse porter par le vent comme bon lui semble, c'est fini.

Le métro me manque. J'aimais beaucoup les transports, toujours avec mes écouteurs. J'observais les gens. Il m'est arrivé plein de choses dans le métro. Un jour, j'ai demandé à deux garçons qui descendaient au même arrêt que moi s'ils avaient un briquet. On a commencé à discuter puis on a fini tous les trois sur les quais de Saône à fumer. J'ai aussi mis un coup de pied à un homme ivre qui tentait de faire des attouchements à une jeune femme, parce que personne n'agissait. J'ai rencontré la fameuse « femme araignée » qui mendiait quotidiennement dans ce transport, avant d'aller en soirée.

Mon style me manque. On m'impose de mettre des vêtements discrets et couvrants. Je dois toujours porter un bonnet et des lunettes de soleil. Je suis invisible.

Mais c'est difficile d'imaginer qu'on puisse me prendre en photo à mon insu quand je suis avec mes amis.

Je ne peux plus me rendre là où j'ai envie. Je ne peux que rarement me promener dans les rues commerçantes, car il y a trop de monde et donc plus de risques.

Lors de chaque déplacement, plusieurs agents m'accompagnent. Quand je voyagerai à l'étranger, ils seront là.

Oui, je suis embêtée. Comme tous ceux qui vivent ça, et peut-être même un peu plus parce que j'ai l'âge de vivre mes plus belles années. Mais je ne remercierai jamais assez ceux qui me protègent. Ils sont d'une extrême bienveillance et d'une grande patience.

Je me souviens de la première fois que j'ai été dehors avec une protection policière. C'était au début de l'affaire, je devais me rendre à Lyon pour un rendez-vous médical, et j'ai été escortée par deux policiers en civil. L'un d'entre eux est resté près de la voiture pour la surveiller, et le second m'a accompagnée à ma consultation, puis en ville pour que je puisse acheter des choses. Alors que je traînais dans les boutiques de maquillage, je regardais ce pauvre policier qui s'embêtait, faisant semblant de s'intéresser aux produits de beauté de la boutique pour se fondre dans la masse. J'ai trouvé ça mignon ! Personne ne me regardait de manière insistante en ville. Les passants ne paraissaient pas me reconnaître. Dans ces moments-là, je me dis que ce sont les réseaux sociaux qui amplifient tout. Sur Instagram par exemple, je me fais régulièrement reconnaître et insulter. Les gens sont beaucoup plus intrigués par ce qu'ils voient sur leurs écrans que dans la réalité. Quant à l'agressivité, trop de personnes se permettent d'être violentes en ligne, car elles se sentent plus en sécurité d'un point de vue juridique, mais aussi identitaire.

Pour moi le danger, c'est un caillou sur mon chemin. J'ai peur, très peur quand je suis seule. Mais dehors, je me sens bien, alors j'oublie et j'essaie de profiter comme je peux.

Ce qu'on dit de moi

J'ai entendu de nombreuses histoires à mon sujet. Je connais les plus populaires, je connais aussi les moins populaires. Mais j'en détiens une que la plupart ne connaissent pas, qui a pourtant tout le mérite d'être entendue. La vérité.

Ma mère a écrit dans *Le Point* :

« La vie de Mila est suspendue, les persécutions ne se sont jamais arrêtées. Alors que la meute est lâchée, Cyril Hanouna lui délivre un permis de chasse. On sait tous comment cela peut finir. En plein procès des attentats de janvier 2015, cet animateur réunit un simulacre de tribunal populaire pour faire le procès de *Charlie Hebdo*, se faisant ainsi complice des menaces qui pèsent sur les libres-penseurs. Il est un clown dangereux qui rampe devant son public, le même que celui qui a lynché Mila. »

Cyril Hanouna a cité essentiellement ce que j'ai pu faire et dire sans expliquer pourquoi j'ai agi ainsi – pour me défendre face à des milliers de messages haineux.

Au mois de mars 2021, alors que j'avais encore été insultée gratuitement sur Twitter, il a invité Marlène Schiappa sur son plateau et ne s'est pas gêné pour lancer le débat sur une phrase que j'avais envoyée en message privé, « Je viole Allah », en réponse à des centaines de menaces de viol contre tout mon arbre généalogique féminin et moi-même.

Depuis le début de l'affaire, l'animateur s'est réjoui de mon harcèlement. Il a fait de mes parents et de moi une cible pour doper son audience, vexé que je n'aie jamais répondu aux multiples sollicitations de son équipe pour rejoindre son plateau, et frustré que je me sois exprimée par la suite chez son principal concurrent, « Quotidien ».

« Mila, a-t-elle eu raison de s'exprimer sur le plateau de “Quotidien” ? », tel est le sujet qu'il a choisi après mon passage dans l'émission de Yann Barthès.

Si un jour il m'arrive quelque chose, ou bien à mes proches, Cyril Hanouna, avec la caution de M. Bolloré, en sera un des principaux responsables. Avec l'influence médiatique énorme dont jouit le présentateur et la cible qu'il m'a collée sur le dos, il est complice du pire.

« Ce qui me gêne, c'est qu'on peut encore donner l'opportunité à cette fille de croire qu'elle est chanteuse. Aujourd'hui, cette nana il faut qu'elle redescende. »
Yassine Belattar

J'ai visionné à nouveau, il y a peu de temps, un extrait de l'émission « Touche pas à mon poste ! » dans lequel Yassine Belattar, l'humoriste qui me semble plus agressif qu'amusant, s'en prend violemment à moi devant le public, son présentateur et les autres chroniqueurs. Cela fait quand même beaucoup de paroles pour dire que je n'aurais jamais dû parler sur le plateau de « Quotidien » ! Selon lui, je n'ai aucun talent, et j'aurais d'ailleurs volontairement initié cette polémique du haut de mes 16 ans pour lancer ma carrière de chanteuse. Et si j'arrivais à m'en sortir, je serais l'héroïne du Front national. Il a suggéré que je « retourne à l'école ». Il a déblatéré tout un tas d'insultes à plusieurs reprises me concernant. En janvier 2021, j'ai pu voir que son obsession pour moi persistait, au point d'écrire une « chanson » qui porte mon nom :

« Je danse le Mila »

« Je vous propose un voyage islamophobe via CNews et BFM, je danse le Mila. [...] J'ai poussé le racisme à

fond, pour danser le Mila. Ce soir, les fachos brilleront pour danser le Mila. »

En tombant sur cette vidéo, je me suis effondrée. Je le reconnais, il a réussi à me faire pleurer. La chanson était mal écrite. Mais je savais que tout ce qui était en mesure de me déshumaniser pouvait devenir très virulent et apprécié. J'ai eu peur de me faire encore lyncher. Par chance, sa parodie a fait chou blanc.

La mise en examen, en 2019, de Belattar pour menaces de mort et harcèlement moral sur des personnes du monde du spectacle ne lui a visiblement pas suffi. Quand je le vois à la télé, j'ai la nette impression qu'il n'est pas là pour s'exprimer, son regard trahit son envie d'étrangler ceux qui s'opposent à lui.

Ségolène Royal a dit, lors de l'émission de France 3, « Dimanche en politique » :

« *Il y a une liberté de critiquer les religions, mais moi je refuse de poser le débat sur la laïcité à partir des déclarations d'une adolescente de 15 ans* (NDLR : 16 ans*) *parce que ce n'est pas à partir de comportements comme ceux-là qu'on peut poser sérieusement la question de la laïcité* »… « *Critiquer une religion, ça n'empêche pas d'avoir du respect. Ça n'empêche* *pas d'avoir de l'éducation, de la connaissance, d'être indulgent par rapport à ce qu'on dit [...] Une adolescente, qui est peut-être encore en crise d'adolescence, si elle avait dit la même chose sur son enseignant, sur ses parents, sur sa voisine, sur sa copine, qu'est-ce qu'on aurait dit ? On aurait dit simplement : "Un peu de respect."* »

Chère Ségolène, quand on parle de respect, on ne méprise personne. Je dois vous avouer que ne pas me prendre au sérieux et parler d'une manière si condescendante de moi en résumant mon appel à l'aide à une simple « crise d'adolescence » me blesse.

Serais-je menacée de mort si j'avais dit la même chose sur mon enseignant, mes parents, ma copine ou ma voisine ?

Maintenant que j'y pense, vous seriez donc peut-être d'accord avec M. Abdallah Zekri du CFCM (le Conseil français du culte musulman), qui estime que j'étais malgré mon jeune âge consciente de mes propos et parfaitement responsable du déferlement de haine à mon endroit :

« *Qui sème le vent, récolte la tempête. Cette fille, elle sait ce qu'elle a dit. Elle a pris ses responsabilités. Qu'elle critique les religions, je suis d'accord, mais d'insulter et tout ce qui s'ensuit... Maintenant elle assume les conséquences de ce qu'elle a dit. »*

Quand je vous ai entendu prononcer ces mots, je ne savais pas ce qui me choquait le plus entre la violence de vos propos ou l'intonation de votre voix. Vous parliez vite, vous bégayiez. Je vous ai senti très en colère, parce que j'avais dit mettre un doigt dans le cul de votre dieu. Vous dites haut et fort ce que pensent certains membres de votre communauté. Le meurtre des mécréants, des apostats et des blasphémateurs. Vous faites tomber leurs masques. Vous reviendrez me parler de mes responsabilités le jour où vos paroles ne seront plus des ficelles tirées par la croyance.

« L'insulte à la religion, c'est une atteinte à la liberté de conscience. C'est grave. »

Madame Belloubet, j'aimerais savoir ce que vous pensez de ma liberté de conscience, sachant que je ne me cache sous aucun prétexte divin pour m'exprimer. Anciennement professeure de droit public et ministre de la Justice, vous considérez la critique des religions comme un délit, voilà qui est grave. D'ailleurs, vous êtes depuis revenue sur vos paroles dans une tribune du *Monde* : vous reconnaissez que vos propos étaient non seulement maladroits mais aussi erronés. En France, chacun est libre de critiquer comme il l'entend une religion.

On veut faire de moi la honte de la nation quand c'est la nation qui devrait avoir honte de m'abandonner aux aboiements de la foule.

Aux personnes qui disent que j'attise la haine, je répondrais simplement que se faire menacer et insulter en permanence n'est pas une partie de plaisir. Je n'en tire aucune jouissance. On m'agresse, je me défends. Je réagis à la violence, je ne la provoque pas. On me pousse à bout et on guette d'éventuels dérapages. Mes détracteurs inversent la charge de la preuve en m'accusant d'être à l'origine de cette mécanique de la haine alors que c'est moi qui paie de ma liberté et de ma jeunesse l'acharnement de l'islam radical.

Bien sûr, quand je m'apprête à répondre aux menaces, une petite voix me dit « Si tu fais ça, tu en paieras le prix », mais dans ces moments, je ressens tellement de frustration et de révolte, que je ne pense pas aux conséquences.

Aux personnes qui me disent que j'offense des croyants, je répondrai qu'ils se sentent blessés pour pas grand-chose. Je fais face à une génération d'offensés perpétuels qui prétend vouloir briser les tabous dans la société mais qui fait tout le contraire. Ils prônent le respect et la liberté, mais bizarrement la liberté d'expression ne les arrange pas du tout. Ceux qui auront une pensée différente seront contraints au silence.

Qui suis-je, d'ailleurs, pour leur faire peur à ce point ? Pour les déstabiliser dans leurs croyances ? Pourquoi veulent-ils à tout prix me convaincre, moi, Mila, du bien-fondé de leurs croyances, et du caractère intouchable de leur dieu ? Pourquoi accordent-ils autant d'importance à une adolescente ? À ceux qui me conseillent de me taire, de me faire oublier, je réponds : « Non aux diktats, aux injonctions, une laïque a sa place sur les réseaux sociaux. Je ne me soumettrai pas. »

Aux autres qui disent mes parents irresponsables, je n'ose même pas imaginer le désastre qu'ils vivraient si leurs enfants subissaient le même sort. À mes yeux, les parents irresponsables ne peuvent être que ceux qui ne surveillent pas les abominations qu'écrivent leurs adolescents sur Internet. Je pointe du doigt les parents qui n'éduquent pas, n'apprennent rien à leurs enfants, au point qu'ils deviennent maintenant si nombreux à ne connaître ni la loi, ni le respect.

Quant à la récupération politique, non merci ! N'essayez pas de faire de moi votre marionnette. Je suis quelqu'un de libre, et je ne vais pas casser les chaînes de la religion pour être prisonnière d'une pensée politique.

Ah mais c'est toi la meuf
qui a insulté les musulmans ?
Vas-y j'avais pas capté,
dégage sale pute d'islamophobe !

Ma vie sociale est strictement limitée. Parce qu'on me l'impose et parce que je fais fuir les gens, à cause de ma réputation et de la complexité de mon quotidien.

Si j'ai un rendez-vous amoureux, je dois demander à la personne ses informations personnelles, comme son nom de famille, son adresse, son âge… Parfois, je dois même lui demander sa carte d'identité. Et je fais remonter tout ça au service de protection. C'est très embarrassant, pour moi et pour les rares personnes qui veulent m'approcher.

Mes amis sont plus habitués, mais ça reste pesant, je le sais. On ne m'invite plus aux soirées, évidemment, alors qu'avant, j'étais toujours celle à qui on proposait de sortir. Je suis devenue un fardeau. Mes amis ne m'invitent plus parce qu'ils ont peur d'être gênés par ma protection rapprochée, mais surtout parce qu'il y aura toujours des personnes malveillantes – qui pourraient me vouloir du mal ou signaler ma présence sur les réseaux sociaux – parmi les invités. C'est donc moi qu'on préfère rejeter.

« Je vais fêter mon anniversaire en janvier. Le prends pas mal mais je ne pense pas que je vais t'inviter parce que j'ai des potes qui veulent ta peau. Mais t'inquiète, je t'inviterai quand je le fêterai avec ma famille. »

Plus personne ne veut prendre de photos avec moi, et encore moins les publier, et pas seulement pour des questions de sécurité. Les gens ont peur. Je connais très peu de personnes qui assument de me fréquenter.

Mes ennemis pourrissent tout ce que je touche.

J'ai perdu trop de mes « amis » parce qu'ils se sont fait agresser physiquement et/ou sur les réseaux.

Trop de mes abonnés ont témoigné du harcèlement qu'ils rencontraient parce qu'ils me suivent. Ma communauté n'ose presque plus mettre de gentils commentaires sous mes publications, effrayée à l'idée de subir un lynchage. D'autres changent de camp et m'insultent afin d'éviter à tout prix les insultes qui les attendent s'ils en décident autrement.

« Y'a une islamophobe parmi mes abonnés. »

« Mila m'a follow sur Instagram, elle est folle cette pute je veux pas d'elle dans mes abonnés berk. »

Parfois quand je lis ce genre de commentaires de la part de personnes que j'admirais, que je complimentais et à qui je prenais le temps d'envoyer des messages d'encouragements et de bienveillance, ça me déchire le cœur.

Appeler à la haine contre moi leur est bénéfique. Ils me maudissent, ils veulent tellement me faire passer pour une personne abominable qu'ils m'interdisent d'être gentille et empathique avec les autres, et même avec eux. Noyés dans un délire de persécution.

Je ne sais pas comment c'était dans les générations qui m'ont précédée, mais c'est extrêmement mal vu dans cette jeunesse de ne pas avoir beaucoup d'amis, et de ne pas sortir. Je n'avais jamais eu ce complexe dans mon adolescence, mais c'est le cas aujourd'hui. Ça m'horripile de dire ça, parce que je sais à quel point chaque détail croustillant de mon malheur peut faire des heureux, mais oui j'ai une vie de merde. Oui, je passe trop de mes soirées à pleurer dans mon lit pendant que vous vous dansez en *after*. Cette vie-là m'est interdite et je vous envie. Mais je ne donnerais rien au monde pour être vous : moi, je ne me réjouis du malheur de personne. Je ne suis pas heureuse mais j'arrive encore à me respecter.

« On t'a forcé à te retrancher derrière ton bunker et à limiter ta vie sociale aux réseaux sociaux. Retiens bien ça. On t'a fait prisonnière dans ton propre pays. »

« En attendant, personne me souhaite la mort et je sors de chez moi la tête haute, je suis pas enfermée comme un rat. »

« Ça fait quoi d'être la honte de ton pays ? Miskina tu peux plus sortir sinon ça va t'attraper et t'enculer tes grands morts. »

Pour finir

Vous avez sûrement en tête un de ces films où le héros doit affronter un immense destin du jour au lendemain, sans jamais y avoir été préparé. Et il est vu comme un symbole, malgré lui.

J'ai ressenti la nécessité de m'exprimer et de rétablir la vérité. Avec des lettres, des extraits de mes carnets intimes, des notes dans mon téléphone, des dépôts de plainte, des articles de presse, des photos, des conseils, des livres, des conversations, des dessins, des menaces et la puissance de mes maux, j'ai été en mesure de vous raconter mon histoire qui ne fait pourtant que commencer. J'ai versé bien des larmes, comme je me suis bien amusée dans ces écrits. Vous parler de cette manière m'a follement soulagée. J'ai l'impression que vous arrivez à me comprendre sans même me regarder dans les yeux en ce moment même. Ressentez-moi, et souriez-moi. Je ne veux voir personne pleurer à cause de ce qu'on m'a fait.

J'ai simplement besoin qu'on me fasse honneur de cette manière, parce que le sourire est la meilleure réponse à l'obscurantisme.

Ils ne cesseront de me harceler que quand je serai morte. Je pense même qu'ils s'en prendront à tout ce qui peut me ressembler lorsque je ne serai plus là, parce qu'ils chercheront toujours un os à ronger.

Moi, je suis condamnée à payer le prix de ma liberté. Si une si grande partie de ce peuple a été lâche et qu'il n'a pas pu me sauver, alors qu'il se ressaisisse un jour et qu'il trouve la force de s'élever pour se battre. Je veux donner toute mon énergie, toute la magie qu'il y a encore en moi pour qu'il n'y ait plus jamais une autre Mila.

J'ai maintenant 18 ans, et je prends aujourd'hui mon indépendance, sans savoir de quoi sera fait demain.

Je veux juste un avenir.

Toutes mes amitiés à celles et ceux qui sont avec moi jusqu'ici. Nous sommes merveilleux.

FORCE À NOUS.

Composition et mise en pages
Nord Compo à Villeneuve-d'Ascq

Cet ouvrage a été achevé d'imprimer
par CPI Firmin-Didot
pour le compte des éditions Grasset
en juin 2021.

PAPIER À BASE DE FIBRES CERTIFIÉES

Grasset s'engage pour l'environnement en réduisant l'empreinte carbone de ses livres.
Celle de cet exemplaire est de :
300 g éq. CO_2
Rendez-vous sur
www.grasset-durable.fr

N° d'édition : 22058 - N° d'impression : 164122
Dépôt légal : juin 2021
Imprimé en France

45 – religion d'ordre et de paix ?

59 – Il suffit – – –

61 –

69 – m

73 – m

8 – id

85 – m